zauberhafte

Dieses Buch gehört:

KJB

© privat

Nelly Möhle liebte es als Kind, durch den riesigen Garten ihrer Großeltern zu streifen und sich Geschichten auszudenken. Zwischen Rosenranken und geheimnisvollen Tannen ließ sie ihrer Phantasie freien Lauf, und irgendwann begann sie, ihre Geschichten aufzuschreiben. ›Der Zaubergarten – Abenteuer können fliegen‹ ist der zweite Band der Serie und so überbordend und fröhlich wie ein bunter Blumengarten. Die Autorin lebt mit ihrer Familie, einem Hund und einer hundertjährigen Schildkröte in Offenburg.

© Klaus Renner

Eva Schöffmann-Davidov, Jahrgang 1973, ist eine der renommiertesten Kinder- und Jugendbuchillustratorinnen Deutschlands. Nach ihrem Studium an der Fachhochschule für Gestaltung in Augsburg machte sie sich in der Kinder- und Jugendliteratur schnell einen Namen und gewann zahlreiche Preise für ihre Gestaltungen. Als Fachhochschuldozentin gab sie ihr Wissen auch an junge Künstler weiter. Heute illustriert sie Kinderbuchserien und Jugendbücher unter anderem von Bestsellerautoren wie Kerstin Gier oder Tanya Stewner. Die Illustratorin lebt mit ihrer Familie in Augsburg..

Weitere Informationen zum Kinder- und Jugendbuchprogramm der S. Fischer Verlage gibt es unter *www.fischerverlage.de*

Nelly Möhle

Der Zaubergarten

Abenteuer können fliegen

Mit Bildern von

Eva Schöffmann-Davidov

KJB

Zu diesem Buch ist bei Hörbuch Hamburg ein Hörbuch erschienen,
das im Buchhandel erhältlich ist.

Für Marc

FSC
www.fsc.org
MIX
Papier aus verantwortungsvollen Quellen
FSC® C083411

Erschienen bei FISCHER KJB

Dieses Werk wurde vermittelt durch die
Michael Meller Literary Agency GmbH, München
Umschlaggestaltung: Eva Schöffmann-Davidov
unter Mitarbeit von Norbert Blommel, MT-Vreden
Umschlagillustration: Eva Schöffmann-Davidov
Satz: Dörlemann Satz, Lemförde
Druck und Bindung: CPI books GmbH, Leck
Printed in Germany
ISBN 978-3-7373-4143-1

Inhalt

Hallo! Ich bin Tilda. Kennst du schon meine unglaubliche Geschichte »Geheimnisse sind blau«?

In dieser Geschichte hatten meine Freundin Anni und ich Herrn Bovist und seinen Hund Rupert kennengelernt. Die beiden leben in einem klitzekleinen Hexenhäuschen in einem riesengroßen und wild bewachsenen Garten. Und dort züchtet Herr Bovist Blumen. Aber keine gewöhnlichen Blumen, die man bei *Blumen-Einstein* an der Hauptstraße kaufen kann. Nein, wenn man an einer seiner prächtigen Blumen riecht oder davon isst, bekommt man unglaubliche Kräfte. Man kann zum Beispiel flie-

gen. Oder wird am ganzen Körper haarig wie eine Katze. Ich hatte eine Zeitlang eine Pflanze von Herrn Bovist als Haustier. Oder, besser gesagt, als Hausblume. *Ludmilla!* Sie war blauer als blau, und wenn man an ihr schnupperte, wurde man *unsichtbar*!

Und dann wollte Herr Bovist uns alles über seine Zauberpflanzen beibringen. Doch daraus wurde erst einmal nichts. Denn unsere Geschichte ging noch viel unglaublicher weiter.

Echt und ungelogen!

Aber meine beste Freundin Anni sagt, ich muss mit dem Erzählen an der richtigen Stelle anfangen. Also beginne ich mit dem Tag, an dem Herr Bovist spurlos verschwand …

Wo ist Herr Bovist?

Es war der Dienstagmorgen. Ich stand im Flur und suchte meinen zweiten Turnschuh. Da klingelte das Telefon.

Papa rief: »Geht mal jemand ran! Ich sitze auf dem Klo!«

Von oben hörte ich das Rauschen der Dusche. Mama konnte also auch nicht abnehmen. Kurz überlegte ich, das Klingeln nicht zu hören. Dienstags hatte ich in der ersten Stunde Sport. Und bei unserem Sportlehrer Herrn Höller darf man keine Sekunde zu spät vor der Turnhalle auftauchen, sonst muss man ewig an der verschlossenen Hallentür rütteln.

»Geht bitte mal jemand ans Telefon?!«, brüllte Papa noch mal.

»Kannegießer«, sagte ich also freundlich in den Hörer. »Matilda am Apparat!«

»Matilda«, hörte ich eine leise Stimme. »Du musst mir helfen! Gunnar hält mich gefangen! Er will das Zauberbuch und die Samen!«

Herr Bovist!

Meine Stimme wackelte. »Wo bist du, Herr Bovist?«

»In Neustadt. In Gunnars Haus auf dem Löschberg! Ich bin …«

Plötzlich donnerte eine tiefe Stimme aus dem Hörer direkt an mein Ohr: »*Konrad*, leg sofort den Hörer auf!«

Tuuut, tuuut, tuuut!

Tot lag das Telefon in meiner zittrigen Hand.

Herr Bovist war in Gefahr. Er brauchte Hilfe. Oh, dieser böse Gunnar – warum hatte er das bloß gemacht?

Papas Stimme kam aus der Toilette: »Wer war das?«

»Niemand! Verwählt!«, rief ich.

Ich musste in die Schule. Mit Anni sprechen. Und zwar schnell.

Doch Anni kam nicht zum Unterricht. Schlimmer konnte der Tag eigentlich nicht mehr werden. In der Sportstunde rumorte es in meinem Bauch, als würde ein schneller Bär

darin herumtoben. Und rauswollen. In Sachkunde musste ich sogar zweimal aufs Klo flitzen.

Frau Wonnemeier fragte: »Ist alles in Ordnung, Matilda? Ist dir nicht gut?«

Aber so nett Frau Wonnemeier auch ist, ich konnte ihr schlecht von Herrn Bovists Anruf erzählen. Also konzentrierte ich mich auf die Schnecken, die Frau Wonnemeier mit in den Unterricht gebracht hatte. Meine Schnecke kroch mir den ganzen Arm hoch. Meine Haut schillerte und glänzte von der Schneckenschleimspur. Schön sah das aus.

Aber dann musste ich wieder an Herrn Bovist denken. Warum hielt Gunnar ihn gefangen? Unser Freund Herr Bovist war erst gestern für ein paar Tage zu Gunnar gefahren. Weil er noch einiges mit ihm klären musste. Und Anni und ich sollten in der Zeit seinen Rupert, den größten Hund aller Zeiten, füttern und die Blumen im Gewächshaus gießen.

Noch vor dem Mittagessen rief ich bei Anni an.

»Anni war heute Morgen schlecht, da habe ich sie zu Hause gelassen«, erzählte mir Renate, Annis Mama. »Treffen könnt ihr euch also nicht. Aber es wäre schön, wenn du ihr die Hausaufgaben durchgeben könntest.«

Endlich hörte ich Annis Stimme: »Hallo, Tilda!«

»Anni, Herr Bovist ist in Gefahr! Gunnar hält ihn gefangen. Wir brauchen einen Rettungsplan!«, rief ich in den Hörer.

Anni flüsterte: »Mama geht gleich zur Arbeit. Um halb vier beim Schuppen?«

»Bis gleich«, wisperte ich zurück.

Ganz langsam atmete ich aus.

Anni hatte schließlich immer für alles eine Lösung!

Wenn ich etwas vorhabe, schaffe ich die Hausaufgaben in Windeseile. Auch an diesem Dienstag war ich ruck, zuck fertig.

»Und ihr schreibt diese Woche keine Klassenarbeit?«, fragte Mama beim Kontrollieren meiner Rechenaufgaben.

Mama ist Lehrerin, und leider hat sie dadurch richtig

viel Ahnung davon, wie viele Klassenarbeiten ich zum Beispiel in Mathe schreiben muss.

»Nö!«, sagte ich. »Anni und ich wollen heute im Schuppen spielen.«

Das fand Mama bei dem herrlichen Wetter richtig gut.

»Aber zum Abendessen bist du wieder hier«, sagte sie.

♥

Der Schuppen ist unser Geheimversteck. Er steht im riesigen Garten von Oma und Opa, nur eine Straße weiter.

Um halb vier schlüpfte ich durch das seitliche Gartentor. Opas Garten ist der schönste Garten, den ich je gesehen habe. Wie ein Park, mit kleinen Wegen, einem Rosengarten und vielen alten Bäumen. Und ganz hinten im Garten, direkt an der großen Gartenmauer, steht unser alter Schuppen.

Anni war noch nicht da. Also legte ich erst einmal ein stinkiges Stück Käse vor Knox' Mauseloch. Meine niedliche Hausmaus hat an der hinteren Schuppenwand einen Eingang geknabbert, und immer wenn ich daran denke, bringe ich Knox ein Leckerli mit.

Nach der Fütterung war Anni immer noch nicht da. Also nahm ich vorsichtig das Bild von der Schuppenwand.

Es ist wunderschön mit einem blauen Pferd und einer bunten Wiese drauf. Und es steckt in einem schnörkeligen, goldenen Rahmen. Solche Bilderrahmen hängen eigentlich in prächtigen Schlössern oder Museen. Aber Opa hat ihn mir geschenkt und mit dem blauen Pferd darin an die Wand gehängt. Jedenfalls hatte ich Herrn Bovists Brief hinter den Rahmen geklemmt. Damit meine Brüder ihn nicht finden. Jetzt fingerte ich ihn hervor. Leider war er ganz zerquetscht. Dabei hatte Herr Bovist uns den Brief erst gestern gegeben. Als Abschied sozusagen, weil er ja zu Gunnar fahren wollte.

Lesen konnte ich die verschnörkelte Schrift aber noch:

Liebe Matilda, liebe Annemarie!
Ich werde für ein paar Tage verreisen, um Gunnar zu besuchen. Mir ist klar geworden, dass ich ihm mein Erbe nicht überlassen kann. Gunnar interessiert sich ausschließlich für meine Samen und das Familienbuch – und für sich selbst. Mein Garten, meine Häuschen und vor allem Rupert liegen ihm überhaupt nicht am Herzen. Und als ich die Hoffnung schon fast aufgegeben und mich mit Gunnar abgefunden hatte, habe ich doch noch zwei wundervolle, schlaue Mädchen

kennengelernt, denen ich mein ganzes Wissen und meinen Garten anvertrauen kann. Ja, ich bin mir sicher, dass Ihr gut auf meine Pflanzen achten und ihre Fähigkeiten richtig einsetzen werdet. Und eines Tages werdet Ihr die phantastischsten Pflanzen züchten. Bis dahin ist es noch ein weiter Weg, und genau deswegen fangen wir gleich nach meiner Rückkehr mit dem Unterricht an! Ich danke Euch, Matilda und Annemarie, dass Ihr in meinen Garten gestolpert seid.

Es grüßt Euch
Euer Konrad Bovist

Plötzlich wusste ich, warum Gunnar Herrn Bovist eingesperrt hatte. »Gunnar will nicht, dass Anni und ich alles bekommen. Er will die Blumensamen. Und das Zauberbuch! Das hatte Herr Bovist ihm eigentlich auch versprochen. Und deshalb hält Gunnar ihn nun gefangen.«

»Mit wem redest du?«, fragte Anni.

In einem kirschroten Kleid stand sie in der Schuppentür. Die langen pantherschwarzen Haare glänzten in der Sonne, und an Annis Ohren baumelten echte Kirschen wie Ohrringe. Sehr schick sah das aus! Sie setzte sich zu

mir an den kleinen, runden Tisch und legte ein paar Kirschen in die Mitte. Und dann erzählte ich ihr endlich von Herrn Bovists Anruf am Morgen.

»Ich habe über Gunnar nachgedacht«, sagte ich. »Er ist ein listiger Fuchs. In der Schule haben wir mal die Fabel von dem Fuchs und dem Raben gelesen. Da ist der Fuchs immer um den Raben herumgestrichen und war ganz freundlich zu ihm. Aber nur, weil er den Käse haben wollte, den der Rabe im Schnabel hatte. Und Gunnar ist auch um Herrn Bovist herumgestrichen, weil er die Samen und das dicke Zauberbuch wollte. Jetzt will Herr Bovist das alles aber nicht mehr Gunnar geben, sondern uns beiden. Also schnappt Gunnar sich – *zack!* – Herrn Bovist und schleppt ihn in seinen Fuchsbau.«

»Na«, sagte Anni und spuckte einen Kirschkern zur Schuppentür hinaus. »Dann müssen wir die Höhle von Fuchs-Gunnar finden! Und Herrn Bovist befreien. Ganz einfach!«

»Aha!«, rief ich. »Und wie willst du Gunnars Höhle finden? Herr Bovist hat am Telefon nur gesagt, dass er in Neustadt ist. In Gunnars Haus auf dem Löschberg.«

»Weißt du«, sagte Anni und kratzte sich den kirschroten Bauch, »da ist es doch wunderbar, dass Herr Bovist so tolle Blumen züchtet. Wir brauchen nur die Pflanze mit der richtigen Zauberkraft, und ruck, zuck sind wir unterwegs, um Herrn Bovist zu retten!«

»Mhmmm!«, machte ich.

Anni sagte: »Du musst jetzt sowieso die Rupert-Bestie füttern. Da durchsuche ich so lange schon einmal Herrn Bovists Zauberbuch nach brauchbaren Zauberpflanzen.«

»Wir hatten noch keinen Unterricht bei Herrn Bovist«, warf ich ein. »Eigentlich dürfen wir noch keine Zauberpflanzen züchten.«

»Tilda!«, rief Anni. »Das ist ein Notfall! Wenn wir Herrn Bovist wiederhaben wollen, brauchen wir die Hilfe der Zauberpflanzen. Und du bist in der Garten-AG. Du bist eine Fachfrau!«

Und da hatte Anni einfach recht. Wir hatten keine andere Wahl.

Ich futterte ein paar von Annis Kirschen, damit wir endlich loslegen konnten. Herr Bovists wilder Garten liegt nämlich genau neben dem Garten von Oma und Opa. Und wir dürfen eigentlich niemals nie über die Mauer in das verwilderte Nachbargrundstück klettern. Sagt Opa.

Weil er Herrn Bovist nicht kennt und nicht weiß, wie nett er ist. Keiner der Nachbarn kennt Herrn Bovist. Aber alle erzählen unheimliche Geschichten über ihn. Nur Anni und ich kennen die ganze Wahrheit!

Wir flitzten zu Opas Obstbäumen, um die alte Leiter zu holen.

»Wir nehmen uns noch etwas Proviant mit«, erklärte Anni und pflückte sich ein paar Kirschen vom Baum. Meine Beine zappelten und zuckten. Ich wollte los.

»Wir haben keine Zeit, Kirschen zu pflücken. Rupert hat bestimmt Hunger. Und wir müssen Herrn Bovist retten. Und überhaupt: Wie willst du die Kirschen denn tragen *und* über die Mauer klettern? Mit deinem Gipsarm?«, fragte ich Anni.

Anni war vor ein paar Tagen von der großen Gartenmauer geplumpst. Weil sie an Herrn Bovists Flugblume gerochen hatte und eigentlich dachte, dass der Flugzauber noch wirken würde. Statt die wackelige Holzleiter hinunterzusteigen, wollte sie lieber elegant von der Mauer in den Garten hinabfliegen. Elegant war das dann nicht so. Aber gut.

»Anni!«, rief ich. Meine Geduld zerbröckelte wie trockene Erde. »Lass jetzt die blöden Kirschen und schnapp dir die Leiter!«

»Mein Kleid ist so was von praktisch«, sagte Anni. Sie stopfte alle Kirschen in die Taschen ihres Kleides.

Dann endlich packte sie mit der gipsfreien Hand die Leiter. Zu zweit hatten wir sie ruck, zuck zur Mauer geschleppt und standen wenig später in Herrn Bovists Dschungel.

Ich glaube, der Dschungel wächst jeden Tag ein riesiges Stück. Und wird jeden Tag noch grüner. Alle Äste wachsen ineinander und umeinander wie sich umschlingende Arme. Und die Baumriesen tragen hübsche Kleider aus Blättern und Nadeln und Efeu und Moos. Aus der Erde kriechen immer mehr Baumkinder hervor und versperren die wenigen Lücken, durch die wir uns durchzwängen können. Auch an diesem Tag zerzausten uns die Bäume und Büsche ordentlich. Ich freue mich immer, wenn der Dschungel mich wieder ausspuckt und ich auf der geblümten Lichtung stehe, wo das Gewächshaus in der Sonne funkelt wie Mamas Festtagsohrringe.

Anni und ich hüpften über die krümeligen Maulwurfhügel zur Gewächshaustür. Den Schlüssel hatte Herr Bovist für uns unter einem herzförmigen, mit einem Moosteppich bewachsenen Stein direkt an der Glastür versteckt.

»Potz Blitz!«, rief Anni. Und verschluckte sich an einem Kirschkern.

Und da sah ich sie auch: Drei Blumen standen prachtvoll auf ihren Hügeln.

»Wie wunder-, wunderschön ihr seid!« Ich kniete mich vor das Beet.

Die mittlere Blume hatte ihre Knospe gerade geöffnet. Mehrere orangefarbene Blütenblätter schauten heraus.

»Das ist die Flugblume!«, rief Anni.

»Neee«, sagte ich. »Die Flugblume hatte viele kleine orangefarbene Blüten. Und die Blüten sahen aus wie Schneeglöckchen. Diese Blume hier hat nur eine große Blüte.«

»Pah!«, machte Anni. »Eine Blüte oder fünf Blüten ist doch völlig egal. Sie ist orange wie die Flugblume, und ich will unbedingt wieder fliegen.«

Ehrlich, ich versuchte *wirklich*, Anni vom Riechen abzuhalten. Aber sie tauchte so blitzschnell ihre Nase in die orangefarbenen Blättchen, dass ich nicht einmal mehr *Stopp* rufen konnte.

Anni breitete die Arme aus und stieß sich vom Boden ab. Aber sie flog kein bisschen. Stattdessen hüpfte sie wie ein Flummi durch das Gewächshaus. Hoch und runter, hoch und runter. Ihre Haare wehten, die Kirschen rutschten von den Ohren, und ihr Kleid bauschte sich bei jedem Hopser auf wie ein Fallschirm. Ich konnte beim Landen ihre Unterhose sehen. Und – *schwupps* – kam der nächste Sprung.

»Oaaah!«, machte Anni und versuchte, mit den Armen die Balance zu halten. Ganz klar, sie konnte nicht mit dem Hopsen aufhören.

Ich rappelte mich auf und flitzte hinter ihr her. Aber ich bekam ihr Kleid nicht zu fassen.

Boing, boing, boing! Anni plättete mit jedem Hopser einen der vielen Maulwurfshügel im Gewächshaus.

»Stopp!«, brüllte ich.

»Geht nicht!«, brüllte Anni.

Der nächste Sprung machte eines der drei Pflänzchen platt, die ich vor zwei Tagen mit Herrn Bovist gepflanzt hatte.

Jetzt konnte ich überhaupt nichts mehr sagen. Stumm zog ich die Reste aus dem platten Hügel. Die Blüte war total zermatscht.

Boing, boing, boing, hüpfte Anni vorbei.

»Ich glaube, ich bin ein Känguru!«, rief sie.

In meinem Bauch tobte ein wütender Bär.

Annis Kopf war rot wie ihr Kleid. Die Haare um das Gesicht klebten an der verschwitzten Stirn. Und sie keuchte wie Bärbels Hund, kurz bevor er gestorben ist.

»Mann, ist das anstrengend! Kannst du mich vielleicht mal festhalten? Bitte!«, rief sie.

Mein wütender Bär packte sie am Bein. Es fühlte sich an, als ob Anni an einem gespannten

Gummiseil an der Gewächshausdecke hing. Und wenn ich sie losließe, würde Anni mit Karacho gegen die Glasdecke wummern.

»Tja, äh«, sagte Anni außer Atem. »Es ist tatsächlich keine Flugblume. Wer hätte das gedacht!«

Ich hätte sie gerne ganz, ganz böse angeguckt. Aber das ging nicht, weil ich an ihrem Bein hing und mein Kopf unter ihrem roten Kleid steckte.

»Was ist das für eine Zauberblume, die ich da totgehüpft habe?«, rief Anni zu mir runter.

»Woher soll ich das wissen?«, rief ich unter dem Kleid hervor. »Herr Bovist wollte mir nichts verraten!«

Anni sagte: »Siehst du, jetzt kennen wir wenigstens die eine Zauberblume. Die mit dem Känguru!«

Wouuu!, machte es hinter uns.

Vor Schreck stieß Anni sich mit aller Kraft vom Boden ab. Und ich ließ ihre Beine los. Sofort setzte die Hüpferung wieder ein. *Boing, boing, boing* hüpfte sie durch das Gewächshaus.

»Rupert!«, rief ich glücklich.

Der graue Riesenhund kam zu mir und setzte sich. Ich umarmte meinen Lieblingshund. Und kraulte seinen langen Kinnbart. Das mag er am allerliebsten.

Zusammen schauten wir Anni zu. Kreuz und quer

hüpfte sie durch das Gewächshaus. Die meisten Maulwurfshügel waren schon platt. Wenn sie in unsere Nähe kam, gab ich ihr einen Schubs. Damit sie nicht auch noch die restlichen Zauberblumen zerquetschte.

Aber dann hatte ich die Nase voll.

»Hüpf mal nach draußen!«, rief ich.

Wir hatten nicht ewig Zeit. Wir mussten Herrn Bovist retten. Und Rupert füttern.

Anni hüpfte zur Tür.

»Die Tür ist zu klein!«, rief sie.

Also hängte ich mich wieder an ihre Beine.

Und Rupert schleckte den Kirschsaft von Annis Kleid.

»Iihhh!«, rief Anni. »Du oller Wurstschädel!«

Bei dem Gezappel konnte ich sie nicht mehr halten. Ein Monsterhüpfer schleuderte Anni aus dem Gewächshaus. Als feuerrotes Känguru hopste sie über die Wiese davon.

»Das hast du gaaanz fein gemacht«, sagte ich zu Rupert und tätschelte seinen Kopf. »Und jetzt gibt es Fressen.«

Rupert grunzte zufrieden. Aber zuerst schauten wir uns noch einmal die beiden Zauberblumen an. Die orangefarbene wippte freundlich mit dem Kopf.

Die Blüte der anderen Pflanze war hubbabubbarosa. Und hatte winzig kleine Blütenblättchen. So hübsch war die.

»Aber riech ja nicht an der Blüte, Rupert!«, warnte ich meinen Freund.

Anni war verschwunden.

»Such, Rupert! Wo ist Anni!«, sagte ich deshalb zu Rupert.

Aber Rupert hatte keine Lust. Klar, wenn ich Hunger habe, finde ich auch nichts lustig.

»Aaanni!«, rief ich.

Keine Antwort. Jetzt musste ich mich aber erst einmal um Rupert kümmern. Anni würde uns schon finden. Wir liefen durch das Tannenwäldchen und überquerten die Blumenwiese, auf der das kleine Hexenhäuschen von Rupert und Herrn Bovist steht.

Herr Bovist hatte die Hintertür extra für Rupert offen stehen lassen. So konnte er rein und raus, wie er wollte.

»Und sein Geschäft erledigen«, hatte Herr Bovist gesagt.

In der Küche fand ich die Dose mit dem Hundefutter sofort. Herr Bovist hatte sie auf den kleinen Küchentisch gestellt. Und er hatte einen grünen Zettel an die Dose geklebt. Darauf stand: *Rupert = 1 Becher*.

Rupert winselte und stupste mich an.

»Ich beeile mich ja!«, sagte ich.

Viel mehr konnte ich nicht sagen. Ein übler Geruch

wehte mir aus der Dose entgegen. Und es ist nicht einfach, zu sprechen und gleichzeitig durch den Mund zu atmen. Wenn man nur durch den Mund atmet, riecht man nicht so viel Gestank. Den Trick habe ich von Emil. An unserem Gruppentisch sitzt nämlich außer Emil, Anni und mir noch ein Junge. Der Niklas. Und der muss immer ganz viel pupsen. Weil er zu Hause so viele Körner essen muss, sagt er. Da kommen manchmal so fiese Stinkewellen zu uns geweht, dass Frau Wonnemeier ganz schnell alle Fenster aufreißen muss. Auch im Winter. Aber gut.

Ich kippte einen Becher Stinkereien in Ruperts roten Napf. Rupert schlürfte und schmatzte. Da konnte ich nur staunen. Aber wenn man nur einmal am Tag Essen bekommt, stört einen das vielleicht gar nicht.

»Tilda!«, kam es da von draußen.

Am Küchenfenster erschien Annis roter Kopf. *Boing, boing, boing!*

Ich setzte mich auf die Stufe vor der Hintertür und schaute Anni beim Hüpfen zu.

»So viel Sport am Stück habe ich noch nie gemacht«, rief sie japsend und wischte sich mit ihrem Kleid übers Gesicht.

»Anni«, sagte ich. »Als Känguru bist du gerade keine große Hilfe.«

»Weißt du was?«, rief Anni keuchend. »Das Känguru sieht gerade eine wunderhübsche Dose. Direkt über dir in der Regenrinne.«

Ich sprang auf. Und versuchte, an die Regenrinne zu kommen. Aber da war nichts zu machen.

»Bahn frei!«, rief Anni.

Boing, boing, boing hüpfte sie mit einer Riesenhüpferung am Dach entlang. Es dauerte etwas, bis die Sprünge die perfekte Höhe hatten. Aber Anni war schon ziemlich gut geworden als Känguru. Endlich konnte sie die Dose packen.

»Da!«, rief sie, und die Dose landete im Gras vor meinen Füßen.

Grün schillerte sie in der Sonne. Ich hatte einmal einen Käfer gefunden, der genauso grün geschillert hatte.

Vorsichtig hob ich die Dose auf und öffnete sie.

»Und? Was ist drin?«, rief Anni.

»Eine Tüte!«, sagte ich und zog sie heraus. Sie war durchsichtig. Und in der Tüte steckte ein sehr, sehr großer und pechschwarzer Schlüssel.

»Der ist ganz schön schwer«, stellte ich fest.

Anni hüpfte auf und ab. Auf und ab.

Rupert kam aus der Küchentür und rülpste. Und schnupperte an dem Schlüssel. Dann wedelte er mit dem

Schwanz und lief schnurstracks davon. Durch das blumige Gras direkt zum winzigen Arbeitshäuschen.

Da wusste ich Bescheid.

»Rupert, du feiner Hund!«, rief ich und flitzte hinter ihm her.

Der Schlüssel passte perfekt in das Schloss der Tür zum kleinen Arbeitshäuschen. Knarzend öffnete sie sich.

Herr Bovist hatte etwas aufgeräumt, das sah ich sofort. »Du kannst reinkommen, Anni!«, rief ich dem roten Känguru zu, das im Zickzack über die Wiese hüpfte. »Es ist ein bisschen Platz im Zimmer.«

Als Anni in der Mitte des Zimmerchens herumhüpfte, war es dann aber doch sehr eng. Rupert brachte sich unter dem Schreibtisch in Sicherheit.

Das Zauberbuch fand ich in der obersten Schreibtischschublade.

»So«, sagte ich, »jetzt müssen wir uns konzentrieren, Anni! Welche Zauberblumen brauchen wir für eine Befreiungsaktion nach Neustadt auf den Löschberg?«

Aber Anni hörte mir gar nicht richtig zu. Weil sie bei jedem Hüpfer mit dem Kopf an die niedrige Zimmerdecke wummerte. Auf dem Schreibtischstuhl lag ein Kissen. Das gab ich Anni.

»Prima Helm«, sagte Anni und legte es sich auf den Kopf.

Ich schlug das riesige und uralte Zauberbuch der Familie Bovist auf.

»Also«, überlegte ich. »Wir müssen heute die Samen pflanzen. Weil sie erst in zwei Tagen blühen. Und wir erst in zwei Tagen an ihnen riechen können. Ist ja logisch!«

Da musste der arme Herr Bovist noch ganz schön lange auf seine Rettung warten.

»Wir brauchen auf alle Fälle eine Flugpflanze!«, rief Anni. »Wir fliegen nach Neustadt. So sind wir bestimmt am allerschnellsten!«

Das stimmte natürlich. Die Flugpflanze stand im Zauberbuch auf der letzten Seite. Herr Bovist hatte die Samen erst kürzlich von einem Freund bekommen. Da hatte ich sie auch schon gefunden: Die wunderschöne Zeichnung der Blume mit den vielen kleinen orangefarbenen Blüten hatte die Nummer 134.

»Anni, such im Samenschrank bitte mal das Tütchen mit der Nummer 134«, sagte ich.

Herr Bovist nennt sein winzig kleines Nebenzimmer *Labor*. Und das Labor ist eigentlich schon rappelvoll durch

einen einzigen Schrank, der bis zur Decke vielleicht tausend kleine Schubladen hat. Oder fünfzig Schubladen. Ich habe sie nicht gezählt. Und in diesen Schubladen sind die Tütchen mit den Samen verstaut.

Jetzt fiel mein Blick auf die Zeichnung einer blauen Blüte. Herr Bovist hatte sie wirklich gut gezeichnet. Wunder-, wunderschön leuchtete die Blüte in allen erdenklichen und mischbaren Blautönen: Ludmilla. Meine Hausblume für eine Woche. Kurz wurde ich traurig. Denn Ludmilla ist gestorben. Doch dann durchzuckte mich ein Gedanke: Herr Bovist hatte Ludmilla, bevor ich sie beerdigt habe, ihre Samen herausoperiert und zum Trocknen auf einen Teller gelegt.

Schnell flitzte ich zur Verbindungstür. Das durchsichtige Tellerchen mit den Samen stand noch auf der Fensterbank. Fünf kleine, weiße Perlen.

»Wir pflanzen eine neue Ludmilla«, erklärte ich Anni. »Eine Ludmilla zwei. Der Unsichtbarkeitszauber ist bei Gaunern wie Gunnar sowieso der Wichtigste überhaupt. Damit er uns nicht auch noch schnappen und einsperren kann!«

»Unbedingt!«, rief Anni.

Wurden ihre Hüpfer kleiner? Sie wummerte nicht mehr mit dem Kopf gegen die Zimmerdecke.

»Ich glaube, meine Hüpfer werden kleiner«, sagte auch Anni.

Das war super.

»Was brauchen wir noch für Zauberhilfen?«, fragte ich.

Wir blätterten das Zauberbuch durch. Seite für Seite. Und das Zauberbuch hat wirklich unglaublich viele Seiten. Anni hüpfte in kleinen Hüpfern auf der Stelle.

»Hier steht was von einer Spinne: Riechst du an der Blüte, kannst du an glatten Wänden hochkrabbeln wie ein Spinnentier!«

»Toll!«, rief Anni. »Die brauchen wir! Vielleicht sitzt Herr Bovist ja gar nicht in einer Fuchshöhle, sondern in einem Turm. Wie Rapunzel!«

»Suchst du bitte die Nummer 82 aus dem Schubladenschrank?«, fragte ich Anni.

Als Hase höppelte sie davon.

Jetzt suchte ich die rosa Hubbabubbablüte, die ich vorhin im Gewächshaus bewundert hatte. Seite um Seite schaute ich mir die Zeichnungen an.

»Ha! Hör dir das an, Anni!«, rief ich begeistert. »Die rosa Blume im Gewächshaus lässt die freundliche Seite eines Lebewesens hervortreten und schaltet die schlechten Gedanken aus. Hier steht: Weder Wut noch Aggression

durchfahren das Lebewesen, das von dieser Blüte gekostet hat. Wir müssen nur die Blütenblättchen zerstampfen und mit Mehl, Zucker, Butter und Ei mischen. Dann zehn Minuten backen, und fertig. Ein Keks reicht für einen ganzen Tag!«

»Lecker!«, rief Anni. »Und sehr geeignet für den garstigen Gunnar!«

Auch Rupert schleckte sich über seine langen Lefzen. Im Labor fand Anni ein leeres Tütchen. In das steckte sie unsere ausgewählten Samen. »Mein Kleid hat tiefe Taschen. Da sind die Zaubersamen gut verstaut«, erklärte sie.

Jetzt hatten wir alle wichtigen Hilfsmittel für die Befreiungsaktion von Herrn Bovist beisammen. Dachten wir zumindest. Denn gerade als ich das Arbeitshäuschen wieder abschließen wollte, kam mir ein finsterer Gedanke: »Anni! Was, wenn Gunnar herkommt, um sich das Zauberbuch und die Samen zu holen?«

»Potz Blitz!«, sagte Anni und stand ganz still.

Ein gutes Versteck

Wir mussten Herrn Bovists Samen und das Zauberbuch in Sicherheit bringen, und zwar schnell.

»Wir könnten die Samen und das Zauberbuch in deinen Kleiderschrank stecken!«, schlug Anni vor.

Das war keine gute Idee. Meine Brüder Finn und Jonas schnüffeln gerne in meinen Sachen herum. Vor allem, wenn sie ein Geheimnis wittern. Und auch Mama war eine Gefahr.

»Lieber nicht«, sagte ich deshalb. »Wir brauchen ein Versteck hier in Herrn Bovists Garten.«

In Herrn Bovists Schlafzimmer fanden wir einen zerbeulten Koffer unter dem Kleiderschrank. In den stopften wir alle Blumensamenpäckchen. Es waren so viele Tütchen, dass Anni sich auf den Koffer setzen musste. Erst dann bekam ich die Schlösser zu. Das Zauberbuch passte nicht mehr rein. Also wickelten wir es in ein paar geblümte Handtücher aus Herrn Bovists Badezimmer und steckten es in einen großen, schwarzen Müllsack, den ich unter der Küchenspüle gefunden hatte.

»So kann dem Buch überhaupt nichts passieren«, stellte ich fest und zog die Tüte glatt. »Jetzt brauchen wir nur noch ein Versteck.«

»Aber zuerst müssen wir noch unsere Hilfspflanzen pflanzen«, sagte Anni.

Schon wieder überkam mich ein finsterer Gedanke: »Wir können sie aber nicht in das Gewächshaus pflanzen. Und die beiden anderen Pflänzchen müssen wir auch wegschaffen. In Sicherheit bringen vor dem gierigen Gunnar!«

Also luden wir den Koffer und das dick verpackte Zauberbuch in Herrn Bovists schwere Schubkarre. Ich glaube, die ist hundert Jahre alt und aus Eisen oder so. Es war ganz schön mühsam, das wackelige Ding über den kleinen Waldpfad zu schieben. Und Anni konnte mir mit ihrem Gipsarm nicht wirklich helfen.

Noch schwieriger wurde es auf der Wiese vor dem Gewächshaus. Ein besonders dicker Maulwurfshügel warf die ganze Ladung um. Ich stolperte und landete auf der harten Karre.

»Alles nur wegen Gunnar«, schimpfte ich und untersuchte mein aufgeschürftes Knie. Ein kleines rotes Rinnsal Blut floss langsam in Richtung Socke. Rupert schleckte es ab.

Endlich, endlich hatte ich die Schubkarre bis vor das Gewächshaus geschoben.

»Jetzt ist *dein* Kopf rot und glänzend wie eine Kirsche«, stellte Anni fest. Sie sah wieder ganz normal aus, und hüpfen musste sie auch nicht mehr. Das brachte mir fast wieder meine gute Laune zurück.

»Wir brauchen Blumentöpfe oder Eimer«, sagte ich zu Anni.

»Aha!«, machte Anni und kratzte sich am Bauch.

»Da schaufeln wir Erde rein. Und in die Erde kommen dann die Samen oder die Blumen mit Wurzeln«, erklärte ich Anni.

Sie war ja nicht wie ich in der Garten-AG. Sie war überhaupt erst seit ungefähr einer Woche an meiner Schule und in meiner Klasse. Und meine Freundin. Kurz spürte ich wieder die kleinen Glückskäfer in meinem Bauch. Aber dann konzentrierte ich mich auf unsere Aufgabe.

Auf dem wackeligen Regal im Gewächshaus fanden Anni und ich gleich mehrere Blumentöpfe aus rissigem

braunen Ton. Ich nahm eine Schaufel vom Regal und füllte in jeden Topf krümelige Erde.

»Wo sind die Samen?«, fragte ich.

Anni zog das Samentütchen aus der Tasche ihres Kleides. Ganz labberig und aufgeweicht war die Tüte. Und kirschrot. Als ich die Samen herausholen wollte, fiel das Tütchen komplett auseinander, und die Samen kullerten auf die Erde.

»Sapperlot!«, rief Anni und holte die total zermatschten Kirschen aus ihren Taschen. »Wenigstens sieht man auf einem kirschroten Kleid keine kirschroten Flecken.«

Ich kroch über den Boden und hielt Ausschau nach den Samen. Kreuz und quer waren die kleinen Dinger gekullert. Rupert wollte unbedingt bei der Suche helfen und schnüffelte und prustete wie wild auf dem Boden herum.

»Sitz, Rupert!«, musste ich rufen.

Endlich lagen alle Samen in meiner Hand.

»Prima«, sagte ich. »Und welcher Samen ist jetzt von welcher Blume?«

Ludmillas Samen war der einzige, den ich erkannte. Wunderschön weiß und kugelrund schimmerte er. Also setzte ich ihn zuerst in einen Topf.

Anni fand auf dem Regal einen Stift. Damit schrieb sie ein schnörkeliges *L* auf Ludmillas Topf. Schön sah das aus.

Die restlichen Samen verteilte ich auf die anderen Töpfe.

Als Nächstes pflanzte ich die rosa Blume um.

»Sollen wir die Känguru-Blume wirklich mitnehmen?«, fragte ich. »Wir brauchen sie eher nicht. Und falls Gunnar kommt und an ihr riecht, erlebt er was!«

Also ließen wir die Känguru-Blume im Maulwurfshügel.

Zum Schluss gab Anni jeder Blume und jedem Samen Wasser zu trinken. Gluckernd saugten sie es auf.

»Jetzt brauchen wir nur noch das perfekte Versteck im Dschungel. Und wenn Gunnar hier auftaucht, hat er nichts zu lachen!«, sagte ich.

Anni futterte ihre restlichen Kirschen und spuckte die Kerne im Glashaus herum. Rupert guckte den fliegenden Kirschkernen hinterher.

»Bald wachsen hier prächtige Kirschbäume«, sagte Anni, und ihr großer Mund grinste vor lauter Vorfreude von einem Ohr bis zum anderen.

Ich klopfte mir die Erde vom Rock. »Auf los geht's los!«

Die Blumentöpfe passten perfekt zwischen den Koffer und die Schubkarrenwand. Nur das Zauberbuch war im Weg.

»Kannst du dir das Zauberbuch unter den gesunden Arm klemmen?«, fragte ich Anni.

»Kein Problem«, antwortete Anni.

Die voll beladene Schubkarre durch den Dschungel zu schieben war das Schwierigste, was ich je gemacht hatte.

»Dieses verkackte Ding!«, schrie ich. Da waren wir gerade erst hinter dem großen Farn in die Büsche eingetaucht.

Mama mag es ja gar nicht, wenn ich Schimpfwörter brülle. Aber ich finde, wenn man mit einer sperrigen Karre in einem Dschungel feststeckt, kann man nur noch wüste Sachen brüllen.

Und Anni kämpfte einarmig mit dem rutschigen Monstermüllsack.

»Das ist ja noch anstrengender, als ein Känguru zu sein«, bemerkte sie.

Dann steckten wir komplett fest. Vor uns lag ein umgestürzter Baumriese, und auch links und rechts von uns standen die Baumstämme viel zu dicht.

»Und jetzt?«, fragte ich und setzte mich auf den Stamm.

Anni ließ den Müllsack fallen. Stöhnend setzte sie sich neben mich.

»Wo ist die Rupert-Bestie eigentlich?«, fragte sie. »Er ist bestimmt ein prima Lastenesel.«

»*Ruuupert!*«, rief ich.

Es grunzte im Gebüsch. Erst tauchte der graue Kopf auf. Seine schwarze Nase schnüffelte und zuckte. Dann lief er schnurstracks zu einem der Baumriesen und hob sein Bein. Ein Strahl wie aus dem Wasserhahn plätscherte aus Rupert heraus und an der zerfurchten Rinde herunter.

»Iiihhh!«, sagte Anni.

»Du feiner Rupert!«, rief ich und sprang auf. Denn genau über Ruperts Pipispur hatte ich ein großes, dunkles Loch im Stamm entdeckt. Vorsichtig guckte ich hinein. Man kann ja nie wissen, wer oder was in so einer Baumhöhle wohnt. Doch die Höhle war leer.

»Anni!«, rief ich. »Das ist das perfekte Versteck für das Zauberbuch!«

Der Koffer passte leider nicht mehr in das Baumloch.

»Macht nix«, sagte Anni, »Diese Reisekoffer

sind doch wohl wasserdicht. Wir verstecken ihn hinter dem Zauberbuchbaum im Gebüsch.«

Sogar die Schubkarre quetschten wir noch in das Gestrüpp. Jetzt sah man nicht mehr, dass hier ein wirklich wertvoller Schatz lagerte. Nur Ruperts Pipi glänzte feucht, und es roch ein bisschen nach Schulklo. Aber gut.

»Und was machen wir mit den Blumentöpfen?«, fragte Anni.

»Die nehmen wir jetzt doch mit nach Hause. Ich finde schon einen Platz für sie. Man kann ja nie wissen, was für Tiere hier im Gebüsch sitzen und sich über frische Blumen freuen.«

Ich guckte auf meine Uhr: »Mist, ich muss zum Abendessen zu Hause sein!«

Rupert guckte mich traurig an.

»Du kannst leider nicht mit«, erklärte ich ihm und kraulte sein Kinn. »Du musst jetzt alleine zurück zum Hexenhäuschen laufen. Aber morgen kommen wir wieder. Schließlich müssen wir Herrn Bovist retten! Und wenn Gunnar in der Zwischenzeit auftaucht, musst du ihn festsetzen!«

Anni sagte: »Du darfst sogar dein fieses Gebiss benutzen!«

Wenig später waren wir mit allen Blumentöpfen über die Mauer geklettert, hatten die Leiter zurückgebracht und in Opas Garage einen Korb mit zwei Henkeln gefunden. In den passten alle Tontöpfe. Anni packte mit ihrem gesunden Arm den einen Griff und ich den anderen. Beim Laufen wippte die rosa Hubbabubbablume freundlich mit ihrem Kopf. Und so kamen wir ungesehen bis in mein Zimmer. Dort stellte ich die drei Töpfe mit den Samen auf die Fensterbank. Schön sah das aus.

Den Topf mit der rosa Blume stellte ich auf den Kleiderschrank und setzte meinen großen Plüschhund davor. Als das letzte Mal eine Zauberblume auf meiner Fensterbank stand, hatte meine Schwester Leni ihre Pubertiernase in die Blüte gesteckt und war auf der Stelle unsichtbar geworden. Für fast eine Stunde! Zu unserem Glück hatte sie selbst nichts davon gemerkt, da sie da gerade mit Telefonieren beschäftigt war.

»Essen!«, brüllte da Papa durchs Haus.

»Was gibt es denn heute bei euch?«, fragte Anni.

Ich wusste es nicht. Also liefen wir in die Küche, um nachzuschauen.

»Hallo, Anni!«, sagte Mama freudig und holte aus dem Küchenschrank einen Teller für Anni.

Beim Essen sagte ich: »Du, Mama, nur damit du dich

nicht wunderst: Anni ist jetzt auch in der Garten-AG. Und wir haben drei Blumentöpfe aus der Schule mitgebracht, in denen Samen stecken. Wahrscheinlich aber nur für kurze Zeit.«

Mein Bruder Finn starrte mich an. Ein Hühnerknochen hing zwischen seinen Lippen. Doof sah das aus.

»Da wundere *ich* mich aber ganz gewaltig«, sagte er.

Der Hühnerknochen plumpste in seinen Schoß.

»Finn!«, sagte Mama streng.

Jonas beugte sich zu mir. »Aus der Garten-AG sind die Samen also? Aha! Soso!«

Ich rammte ihm meinen Ellenbogen in die Rippen und schenkte ihm meinen bösesten Blick.

Finn und Jonas sind Zwillinge. Und meine zwei Jahre älteren, total nervigen Brüder. Wenn sich die beiden wundern, ist das leider kein gutes Zeichen. Anni und ich mussten also gaaanz vorsichtig sein.

Nach dem Essen hatte Anni es plötzlich sehr eilig. »Eigentlich bin ich ja krank. Und deshalb muss ich daheim sein, bevor Mamas Dienst im Krankenhaus zu Ende ist«, raunte sie mir beim Abschied mit fröhlich blitzenden Augen zu.

Schon im Schlafanzug kramte ich an diesem Abend mein Zauberblumentagebuch unter der Matratze hervor. Es ist wunderhübsch. Ich habe das Heftchen mit Mamas allerschönstem Geschenkpapier beklebt. Und die knallgrünen Blätter, bunten Riesenblüten und Kakadus auf dem Umschlag passen jetzt auch genau zum Inhalt: Es steht alles Wichtige über meine Ludmilla drin. Wie sie gewachsen ist, und natürlich auch, wie sie immer schwächer wurde und am Ende gestorben ist. Aber das ist der Kreislauf der Dinge, sagt Papa immer.

Jetzt schrieb ich in meiner allerschönsten Schnörkelschrift:

Dienstag, 10. Juni

Wieder wohnen Hauspflanzen in meinem Zimmer.

Eine Freundlichkeitspflanze mit einer rosa Blüte (innen fast pink!). Die kleinen Blütenblättchen muss man pflücken, in einem Mörser (was auch immer das ist!) zerstampfen und mit 125 g Butter, 150 g Mehl, 150 g Zucker und zwei Eiern zu einem Teig kneten. Dann schöne kleine Kekse formen und 10 Minuten im Ofen backen. (Ich hoffe, ich habe mir alles richtig gemerkt. Anni sagt JA.)

Der eingetopfte Samen einer Flugblume

Der eingetopfte Samen einer Spinnenblume

Der eingetopfte Samen einer neuen Ludmilla. (Darüber freue ich mich wie verrückt!)
Es ist so wichtig, dass die Samen schnell zu großen Blumen werden. Damit wir Herrn Bovist befreien können. Denn ich fürchte, ohne die Kraft der Zauberblumen kommen wir nicht gegen den schlauen und starken Fuchs-Gunnar an.

Bevor ich ins Bett schlüpfte, bekam jeder Blumentopf noch etwas Wasser. »Solange ihr noch keine Blüten habt, könnt ihr auf der Fensterbank stehen bleiben und die Sonne genießen.«

Ich musste die nächsten beiden Tage einfach höllisch aufpassen. Sobald sich die Blüten öffnen würden, mussten die Blumen in ein sicheres Versteck umgesiedelt werden.

*

Ein komischer Vogel

<u>Mittwoch, 11. Juni</u>

Die Blume auf dem Schrank hat etwas Wasser getrunken. Sie sieht sehr gut aus.

In jedem Blumentopf auf der Fensterbank blinzelt ein klitzekleiner grüner Halm aus der Erde heraus. Auch diese Pflanzenbabys sind sehr durstig. Leider weiß ich ja noch nicht, aus welchem Samen welche Blume wird.

An diesem Tag war Anni wieder in der Schule. Da war ich froh. Denn es gab so unglaublich viel zu besprechen. Und bis zur großen Pause war ich zum Glück abgelenkt. Weil wir immer noch die Schnecken zu Besuch hatten.

»Ich nenne dich Tekla«, sagte ich zu meiner Lieblingsschnecke.

»Teeekla!«, sagte Emil und lachte blöde. »Teeekla und Tiiilda, das schleimige Paar!«

Emil ist der blödeste Sitznachbar der Welt.

»Halt die Klappe!«, zischte ich. Ganz leise. Wie eine Schlange. Damit Frau Wonnemeier nichts mitbekam.

Endlich, endlich läutete es zur großen Pause. Anni und ich galoppierten schnell wie Gazellen zu unserer Lieblingsecke im Pausenhof. Das ist ein Baum ganz hinten in der Schulhofecke. Die ersten Äste von diesem Baum beginnen so weit oben, dass man ihn nicht als Kletterbaum benutzen kann. Deshalb haben Anni und ich die Ecke meistens für uns allein. Links und rechts stehen Büsche, und gleich dahinter beginnt der Zaun.

Kurz berichtete ich Anni von unseren Hauspflänzchen auf meiner Fensterbank.

»Wenn wir Glück haben«, sagte ich, »können wir morgen schon an den Blüten riechen und Herrn Bovist retten.«

Anni knabberte an einem Keks. Niklas hatte heute mit der Klasse seinen Geburtstag gefeiert. Und körnige Kekse verteilt.

»Jetzt müssen wir nur noch wissen, wo genau die Fuchshöhle von Gunnar ist«, sagte Anni, und viele kleine Körner flogen auf ihren geblümten Schoß.

»Und wenn wir Frau Wonnemeier fragen, wie man nach Neustadt kommt?«, fragte ich. »Frau Wonnemeier stellt bestimmt nicht so viele Fragen wie Mama. Oder Papa. Und Finn und Jonas bekommen auf keinen Fall etwas mit.«

»Prima Idee!«, antwortete Anni. »Möchtest du deinen Keks nicht essen?«

Ich gab Anni den Keks. Weil ich keine Lust auf Niklas' Pupserei hatte.

Gerade als es zur nächsten Stunde läutete, kam Niklas angerannt. Er bemerkte Anni und mich nicht, sondern zwängte sich zwischen die Büsche. Wenn ich mich nach hinten lehnte, konnte ich ihn an der Schulmauer kauern sehen. Wie ein verschrecktes Kaninchen. Ich wollte Niklas gerade etwas zurufen, da kamen zwei ältere Jungen. Den einen kannte ich, der war mit Finn und Jonas im Fußball. Und ich wusste auch, dass dieser Lukas echt fies sein konnte. Bei dem musste man aufpassen.

Jetzt stand er mit seinem Kumpel vor Anni und mir.

»Habt ihr den kleinen Müsli-Niklas gesehen?«, fragte Lukas und stierte uns an.

»Nö«, sagte Anni.

Lukas stierte weiter.

»Nö!«, sagte ich deshalb.

Lukas kickte einen Stein. Der knallte gegen mein Schienbein. Das tat richtig weh. Lukas und sein Freund drehten sich um und schlurften zum Schulhaus.

Hinter uns raschelte es. »Danke«, sagte Niklas.

Anni fragte: »Was wollten die denn von dir?«

»Weiß ich nicht«, sagte Niklas und rannte in Richtung Haupteingang davon.

»Für Kinder wie diesen Lukas bräuchte man einen richtig üblen Zauberblumenzauber«, sagte Anni.

Ich rieb mein brennendes Schienbein. »Oder einen Zauber, der aus fiesen Kindern Sonnenkinder macht.«

Gleich nach der letzten Stunde schnappten wir uns Frau Wonnemeier.

»Neustadt?«, fragte Frau Wonnemeier und lief zum Schrank hinten im Klassenzimmer. Frau Wonnemeier hat in diesem Schrank wirklich *alles*. Pflaster und Becher und leere Käseschachteln. Sie kramte und raschelte hinter der Schranktür.

»Ha!«, rief sie. »Ich wusste doch, dass ich eine Karte habe!«

Sie breitete eine riesige Landkarte auf unserem Gruppentisch aus.

»Sooo«, machte sie und fuhr mit dem Zeigefinger über die vielen roten Kleckse und blauen Linien und grünen Flächen. »Hier ist Neustadt!«

Der Finger stoppte in der Mitte der Karte.

»Und wo sind wir?«, fragte ich.

Frau Wonnemeier piekste mit ihrem anderen Zeigefinger auf einen roten Klecks weiter unten.

Ich sagte: »Das ist aber weit weg!«

»Och«, machte Frau Wonnemeier »Mit dem Zug ist das nicht weit. Vielleicht eine halbe Stunde? Was wollt ihr denn in Neustadt? Etwa zum Mittsommerfest auf dem Löschberg?«

»Ja«, sagte Anni. »Genau da wollen wir hin.«

Frau Wonnemeier lieh Anni und mir die Landkarte aus. Das war wirklich viel einfacher als mit Mama oder Papa.

Anni und ich wollten uns an diesem Nachmittag schon um drei am Schuppen treffen. An manchen Tagen ist es mit meiner Familie aber gar nicht so leicht, pünktlich irgendwo zu erscheinen. Gerade als ich zum Schuppen aufbrechen wollte, kamen Finn und Jonas in mein Zimmer. Schnurstracks marschierten sie zur Fensterbank und beäugten die Blumentöpfe.

»Du bist dir sicher, dass das grüne Gestrüpp hier aus der Garten-AG ist?«, fragte Finn. »Und nicht zufällig aus dem Gewächshaus vom alten Herrn Bovist?«

Leider kannten die Zwillinge das Gewächshaus. Aber sie wussten nichts von den Zauberblumen. Das war Annis und mein Geheimnis. Die beiden dachten, dass Herr Bovist ganz normale Blumen züchtete. Für Wettbewerbe und so. Und dabei sollte es auch bleiben. Deshalb antwortete ich: »Erstens: Warum sollte Herr Bovist *mir* eine seiner Blumen anvertrauen? Und zweitens: Ich habe den alten Mann schon länger nicht gesehen!«

Und das stimmte ja auch. Schließlich war er verschwunden.

»Mhmmm!«, machte Jonas und kratzte sich am Kopf.

Finn erklärte: »Wir behalten das Geblümel im Auge!«

Aber dann hatten die beiden für heute genug geforscht und gingen Fußball spielen.

Im Flur begegnete ich Mama. Und die wollte mit mir für den Musiktest üben.

»Mama, ich muss mit Anni üben. Sie kann das alles ja noch nicht. Und wir treffen uns dafür am Schuppen. Jetzt gleich«, musste ich Mama anflunkern.

»Aha«, sagte Mama. »Und wo ist dein Musikheft? Musst du das nicht mitnehmen?«

Erwischt!

Endlich stand ich mit Musikheft unterm Arm am Schuppen. Anni saß an die Schuppenwand gelehnt. Auf ihrem Schoß türmte sich ein Berg Kirschen.

»Die stecke ich mir heute nicht in die Taschen«, erklärte Anni. »Ein gelbes Kleid verträgt rote Flecken nicht so gut!«

Ich half ihr beim Essen. Obwohl ich Kirschen gar nicht so sehr mag.

Nachdem wir mit der wackeligen Leiter über die Mauer geklettert waren, kontrollierten wir als Erstes das Baumversteck. Alles war in bester Ordnung. Die Mülltüte, in der das Zauberbuch steckte, war kein bisschen angeknabbert.

Rupert kam uns im Tannenwäldchen entgegen.

»Du feiner Rupert, hast du uns schon gehört?«, fragte

ich und umarmte ihn ganz, ganz fest. Und der graue Hund begrüßte mich mit einem dicken und sehr nassen Schlabberkuss.

»Iiihhh!«, machte Anni.

Wie am Vortag gab ich Rupert seine stinkigen Brocken und frisches Wasser. Und gerade als Anni, Rupert und ich uns auf die sonnige Treppe vor dem Häuschen gesetzt hatten, um unsere Herr-Bovist-Befreiungsaktion zu planen, hörten wir plötzlich ein lautes Knarzen und Quietschen. Und einen Motor. Rupert sprang auf und spitzte die Ohren. Dann stellte sich sein Nackenfell auf. Ein tiefes Grummeln rollte unter seinen Lefzen hervor. Anni und ich starrten uns an. Keiner regte sich. Jetzt knirschte Kies.

Anni fand ihre Sprache zuerst wieder. »Ein Auto!«

Ich flüsterte: »Verstecken!«

Geduckt flitzten wir zu der großen Hecke, die die kleine Blumenwiese umgibt. Atemlos kauerten wir uns ins Gebüsch.

»Wo ist Rupert?«, fragte ich.

Da sah ich ihn. Er stand vor dem Hexenhäuschen, ganz aufrecht und gespannt wie der Flitzebogen von Jonas. Und er schaute die Auffahrt hoch. Dort erschien ein schwarzes Auto. Es flimmerte in der Junihitze.

»Das ist Herr Bovist!«, rief Anni und richtete sich auf.

Ich zerrte an ihrem Arm, und sie plumpste auf den Po.

»He!«, rief sie.

»Pscht!«, machte ich und stierte zum Auto, das jetzt vor dem Hexenhaus zum Stehen kam. Genau vor dem wartenden Rupert.

Anni und ich hockten mucksmäuschenstill hinter der Hecke. Rupert stand stocksteif. Und im Auto regte sich nichts. Durch die verdunkelten Scheiben konnte ich nicht erkennen, wer da am Steuer saß.

»Es ist doch Herrn Bovists Auto«, flüsterte Anni.

»Aber Rupert freut sich nicht«, flüsterte ich zurück, »also kann es nicht Herr Bovist sein!«

Die Sonne knallte auf das Autodach.

»Falls es Gunnar ist, wird er da drinnen gebraten«, stellte ich fest.

Plötzlich öffnete sich die Autotür. Das Erste, das wir sahen, war aber nicht Gunnar und auch nicht Herr Bovist. Sondern ein Vogelkäfig. Er wurde von einer großen, sommersprossigen Hand auf den Kies gestellt. Dann verschwand die Hand wieder im Auto, aber die Autotür blieb offen.

Rupert hob schnüffelnd die Schnauze. Mit vorsichtigen Schritten trat er an den Vogelkäfig heran. Und plötzlich wedelte er wie verrückt mit dem Schwanz.

Wouuu, wouuu, wouuu!, machte er. Es sah aus, als ob er lachte.

Anni wisperte: »Kannst du sehen, was das für ein Vogel ist?«

»Nein«, flüsterte ich. »Es muss ein sehr kleines Vögelchen sein. Aber warum freut Rupert sich so darüber?«

Jetzt schoben sich rote Haare aus der Autotür. Ganz langsam kam der ganze Gunnar zum Vorschein. Orangerot leuchtete sein Haar in der Sonne. Wie Fuchsfell. Vorsichtig näherte er sich Rupert. In der Hand hielt er ein Würstchen. Und Rupert verschlang es mit einem Happs.

»So ein Verräter!«, flüsterte Anni. »Obwohl ich gegen ein Würstchen auch nichts einzuwenden hätte.«

Ich starrte wieder zum Käfig. Da hüpfte etwas herum. Das Vögelchen war braun. Und hatte einen weißen, wuscheligen Kamm auf dem Kopf.

Plötzlich kroch eine eiskalte Gänsehaut von meinen Füßen bis über meine Kopfhaut.

»Anni!«, hauchte ich. »Im Käfig sitzt Herr Bovist!«

Jetzt glotzte auch Anni mit weit aufgerissenen Augen zum Käfig.

»Als Zwerg!«, flüsterte sie.

Gunnar schloss die Haustür auf und verschwand mit dem Käfig in der Hand im Haus. Rupert folgte ihm. Der riesige Hund versuchte, seine Schnauze in Gunnars Umhängetasche zu schieben.

»Da ist bestimmt noch mehr Wurst drin!«, sagte Anni.

Jetzt waren alle im Haus verschwunden und die Tür zu.

»Und jetzt?«, fragte ich und streckte meine Beine aus. Sie kribbelten wie verrückt. Und in meinem Bauch grummelte wieder ein Bär. Ein etwas ängstlicher Bär diesmal.

»Ist doch ganz klar«, sagte Anni. »Wir schnappen uns Herrn Bovist. Und dann ab die Post über die Mauer.«

Ganz langsam richtete sie sich auf und beobachtete das Häuschen.

Ich stellte mich neben sie. »Gunnar sucht jetzt bestimmt das Zauberbuch. Und die Samen.«

»Und er wird sie nicht finden«, sagte Anni zufrieden.

»Vor allem kommt er gar nicht in das Arbeitshäuschen rein«, erklärte ich. »Weil ich den Schlüssel habe!«

Aber Gunnar erschien überhaupt nicht. Alles war still. Anni und ich warteten und warteten.

»Wir schleichen um die Lichtung herum zur Hintertür«,

schlug ich vor. »Vielleicht steht sie noch offen. Dann sehen wir, was Gunnar so treibt.«

Kurz darauf standen wir hinter einem großen Baumstamm genau gegenüber der Hintertür. Vorsichtig lugten wir zum Haus. Gunnar konnte ich nicht entdecken. Aber den Vogelkäfig. Er stand auf dem Küchentisch. Darin sah ich eine kleine, braune Gestalt im Kreis herummarschieren. Wie die Tiger im Zoo. Und vor dem Küchentisch lag Rupert.

Mein Kopf strengte sich mächtig an. Ich wälzte alle Gedanken hin und her, aber es blieb wirklich nur eine Möglichkeit.

»Ich schleiche mich an die Tür«, raunte ich Anni ins Ohr. »Ich schnappe den Käfig, und wir rennen los. Falls Gunnar mich erwischt, bleibst du versteckt und machst keinen Mucks!«

Sie nickte mit großen Augen. Eine dicke schwarze Haarsträhne steckte in ihrem Mund.

Ich schlug einen kleinen Bogen und näherte mich dann seitlich dem Haus. Geduckt schlich ich an der Hauswand entlang. An der Hintertür blieb ich kurz in der Hocke und lauschte. Nichts. Gaaanz vorsichtig schob ich meinen Kopf in die Türöffnung. Kurz bekam ich einen Schreck. Doch es waren nur Ruperts Augen, die mich da anglotzten. Sein langer Schwanz schlug freudig auf den Boden.

»Pscht!«, machte ich und legte den Zeigefinger auf meine Lippen.

»Matilda?«, kam es leise von oben.

»Herr Bovist!«, wisperte ich und richtete mich vorsichtig auf.

Jetzt konnte ich ihn sehen.

Er stand am Käfiggitter und hatte seinen klitzekleinen Kopf zwischen zwei Gitterstäben hindurchgesteckt. Sein weißes Haar bauschte sich wie bei einem ungeschorenen Schaf.

Ich wisperte: »Ich hol dich hier raus!«

Doch die Käfigtür war mit einem klobigen Vorhängeschloss gesichert.

Aufgeregt flüsterte Herr Bovist: »Gunnar liegt drüben auf dem Sofa. Und schnarcht!«

»Dann nehme ich dich eben im Käfig mit«, beschloss ich.

Da sagte Herr Bovist: »Hallo, Annemarie!«

Ich fuhr herum.

Anni grinste. Dann bückte sie sich und zog Gunnars Tasche, die unter dem Küchentisch lag, zu sich heran. Ganz leise und sehr vorsichtig zog sie ein Wurstpäckchen hervor. Rückwärts entfernte sie sich wieder und verschwand im Gebüsch. Rupert trabte hinter ihr her.

»Matilda, schau mal, ob in der Tasche ein kleines Fläschchen ist«, flüsterte Herr Bovist.

Vorsichtig wühlte ich in der Tasche. Endlich hielt ich eine sehr kleine, bauchige Flasche aus braunem Glas in der Hand.

»Steck sie ein, und dann nichts wie weg!«, raunte Herr Bovist.

Das Fläschchen passte einwandfrei in meine Rocktasche.

Jetzt musste ich aber noch einen ganz vorsichtigen Blick ins Wohnzimmer werfen.

Gunnar lag zusammengefaltet auf der roten Samtcouch. Ein Arm hing auf den prachtvollen Blumenteppich herab. Ein regelmäßiges Schnarchen und Prusten ließen seinen roten Fuchsbart erzittern.

Herr Bovist kicherte in seinem Käfig. »Der ist fix und fertig. Gunnar kann nachts nicht schlafen. Er braucht seinen Mittagsschlaf. Egal, was passiert.«

Und trotzdem hatten wir keine Zeit zu verlieren. Gunnar konnte jeden Moment aufwachen. Ich schnappte mir den Käfig und flitzte ins Gebüsch.

Puppenhausgäste

Wir mussten aus Herrn Bovists Garten verschwinden. Und zwar schnell. Im Gebüsch hinter dem Haus stieß ich auf Anni. Sie stand stocksteif da und balancierte das Wurstpaket auf ihrem Kopf. Vor ihr saß Rupert und stierte sie an.

»Das Riesentier lässt mich nicht einmal das Wurstpaket öffnen«, sagte sie jammernd. »Sobald ich es auch nur runternehme, schnappt Rupert nach der Tüte.«

Ich stellte den Käfig ab.

»Bleib!«, sagte ich zu Rupert.

Dann verteilte ich die Würstchen: eins für Anni, eins für Rupert, und auch Herr Bovist wollte einen Happen.

»Wie bei einer Raubtierfütterung«, sagte ich und schob ein Stückchen Wurst durch die Gitterstäbe.

Anni wischte sich die Wurstfinger am Kleid ab. Vorsichtig näherte sich Ruperts Zunge dem fettigen Wurststreifen auf dem Stoff.

»Weg, du oller Wurstschädel«, sagte Anni.

Wieder sprach Herr Bovist mit seinem hohen dünnen Stimmchen: »Matilda, verabreiche Rupert ein Tröpfchen aus der kleinen Flasche, die du soeben aus Gunnars Tasche entwendet hast. Beeil dich!«

Verwundert zerrte ich die Flasche hervor und zog den klitzekleinen Korken.

»Was ist da drin?«, fragte ich und schnupperte am Fläschchen.

»Nicht lecken!«, rief Herr Bovist aus dem Käfig heraus. Seine aufgerissenen Augen guckten erschrocken.

Also zog ich schnell Ruperts Riesenlefze nach oben. Er öffnete sein großes Maul. Stinkiger Atem wehte mir entgegen.

»Iiihhh!«, machte Anni und hielt sich die Nase zu.

Ein dicker Tropfen fiel aus dem dünnen Flaschenhals und landete auf Ruperts Zunge.

Schwups! Rupert war verschwunden.

»Rupert!«, rief ich erschrocken.

»Vorsicht! Tretet zurück! Zermalmt ihn nicht!«, rief Herr Bovist.

Tatsächlich saß ein klitzekleiner Rupert zwischen uns im Gras. Er war nicht größer als Knox, meine kleine Schuppenmaus.

Anni sagte grinsend: »So gefällst du mir!« Vorsichtig streichelte sie über Ruperts zarten Rücken.

»Wir müssen jetzt wirklich die Flucht ergreifen!«, rief Herr Bovist. »Bevor Gunnar aufwacht.«

Also schnappte ich mir den Käfig. Der federleichte Rupert bekam einen Platz auf meiner freien Hand. Mit seiner klitzekleinen Zunge schleckte er sie blitzeblank. Es kitzelte wie verrückt.

Genau in dem Moment polterte es drüben im Haus.

»Flucht!«, zischte ich und galoppierte los. Durch die Büsche und über den Waldpfad. Am Gewächshaus vorbei und über alle Maulwurfshügel. Rein in den Dschungel und bis zur Mauer. Da erst blieb ich stehen. Anni keuchte. Herr Bovist war weiß wie Papier und klammerte sich an zwei Gitterstäben fest.

»Mich überkommt eine ausgeprägte Übelkeit!«, sagte er und würgte mehrmals.

Und dann musste er tatsächlich kötzeln. *Brechen*, sagt meine Mama. Aber da Herr Bovist so miniklein war, fand ich seinen ausgespuckten Wurstbrei gar nicht sooo eklig.

»Gleich, wenn wir über die Mauer sind, befreie ich dich aus deinem Käfig. Versprochen!«, tröstete ich Herrn Bovist.

In Opas Garage fand ich eine Zange. Das Vorhängeschloss des Vogelkäfigs konnte ich damit leider nicht knacken. Aber Anni schaffte es, mit der Zange zwei Stäbe so weit auseinander zu biegen, dass Herr Bovist sich durch sie hindurchzwängen konnte.

Stöhnend setzte er sich ins Gras. Seine Sturmfrisur lugte zwischen den Grashalmen und Gänseblümchen hervor.

»Ist dir immer noch schlecht?«, fragte Anni.

Herr Bovist krächzte: »Dieses Rumgeschlingere im Käfig war schlimmer als Achterbahnfahren. Nicht dass ich schon einmal Achterbahn gefahren wäre …« Er würgte.

Der klitzekleine Rupert schlängelte sich durch das hohe Gras bis zu Herrn Bovist. Und leckte ihm die Wurstbreispritzer vom Mantel.

Ich guckte mir die beiden Winzlinge an und fragte: »Herr Bovist, du müsstest jetzt bald wieder deine normale Größe bekommen, oder?« Als Anni einmal an der Zwergenpflanze gerochen hatte, war sie nur für kurze Zeit ein Zwerg gewesen. Noch nicht einmal eine ganze Nacht.

Herr Bovist seufzte. »Gunnar hat die Blütenblätter der Zwergenpflanze zerstampft und mit Zitronensaft verquirlt. Kurz erhitzt ergibt sich ein Elixier, das den Zwergenzauber auf mindestens eine Woche ausdehnt.«

Betrübt betrachtete er seinen winzigen Hund. »Und dich konnte ich wohl schlecht zurücklassen, Rupert. Du *musstest* den Trunk bekommen. Wie hätten die beiden Mädchen dich sonst über die Mauer bringen sollen?« Er tätschelte mit seiner Puppenhand den klitzekleinen Hundekopf.

»Warum hat Gunnar dich im Vogelkäfig eingesperrt?«, fragte Anni.

»Gunnar will mein Familienzauberbuch und die Samen. Um jeden Preis«, rief Herr Bovist. »Als ich ihm sagte, dass ich nun doch alles behalten wolle, hat ihn eine fürchterliche Wut gepackt! Er hat mich gezwungen, die Tröpfchen einzunehmen. Als Zwerg bin ich schließlich machtlos!«

»Ich nehme euch mit zu mir nach Hause«, sagte ich. »Eure Größe ist in diesem Fall sogar sehr praktisch. Familiensicher sozusagen.«

»Ja«, sagte Herr Bovist. »Wenigstens Rupert und ich sind in Sicherheit. Aber das Zauberbuch meiner Familie und die unzähligen Samen wird Gunnar nun wegschaffen.«

Wieder seufzte das Zwergenmännlein.

Da hatte ich jetzt aber endlich mal gute Nachrichten für ihn.

»Das Zauberbuch und die Samen sind in Sicherheit!«, verkündete ich stolz. »Aber das erzählen wir dir später. Jetzt müssen wir uns beeilen. Gunnar sucht dich bestimmt schon wie verrückt.«

Herr Bovist machte es sich auf Annis Gips bequem. Rupert kuschelte sich in meine Armbeuge. Wie der Wind huschten wir durch den Garten und die Scheffelstraße entlang bis zu unserer Häuserreihe.

Zu Hause schmuggelten Anni und ich die beiden Zwerge erst einmal ins Badezimmer.

»Mein Mantel stinkt entsetzlich«, hatte Herr Bovist unterwegs festgestellt. Und seine Zwergennase gerümpft. Da hatte Rupert wohl doch nicht allen Wurstbrei abgeleckt.

Im Bad schälte Herr Bovist sich aus seinem zeltförmigen Mantel. Anni ließ Wasser ins Waschbecken und kippte Seife dazu. Wie ein Floß trieb der Mantel im Schaumbad. Und Anni rührte alles mit Lenis Zahnbürste um. Es schäumte wie verrückt.

Ich trug Herrn Bovist und Rupert in mein Zimmer. Vor dem Puppenhaus blieb ich stehen.

»Tadaaa!«, rief ich. »Darf ich euch eure neue Behausung vorstellen?«

Herr Bovist klatschte in die Hände. »Das ist ja eine Villa!«

Stimmt. Mein blaues Puppenhaus mit den weißen Fensterrahmen und der weißen Tür ist wirklich der Wahnsinn. Die Vorderseite besteht aus zwei großen Türen. Wie bei einem Schrank. Wenn man sie aufklappt, sind da fünf wunderschöne Zimmer mit wunderschönen Möbeln und einem Treppenhaus bis unter das Dach. Eigentlich spiele ich nicht mehr mit dem Puppenhaus. Schon lange nicht mehr. Jetzt war ich ganz froh, dass Mama es noch nicht in den Keller getragen hatte.

Herr Bovist spazierte durch die Zimmer.

»So eine hübsche Sofagarnitur!«, rief er, als er mit seiner kleinen Hand über das rosa Sofa und den kleinen Sessel fuhr. »So eine prächtige Badewanne!«, sagte er erstaunt, als er durch das Badezimmer schlenderte.

Rupert wetzte schnüffelnd durch alle Zimmer und rannte die Treppen hoch und runter.

Als Herr Bovist ins Schlafzimmer kam, erschrak er kurz. Im Bett lagen die Puppenmama und der Puppenpapa.

»Du kannst die Klamotten von den beiden haben«, erklärte ich. »Ihr seid ja gleich groß.«

Das fand Herr Bovist prima.

Inzwischen war auch Anni mit der Wäsche fertig und legte den nassen Mantel über die Puppenbadewanne. »Blitzeblank«, sagte sie.

»So, ihr lieben Mädchen«, rief Herr Bovist und setzte sich auf das rosa Sofa. »Jetzt erzählt doch mal von Anfang an.«

Herr Bovist staunte nicht schlecht, als wir mit unserem Bericht fertig waren und ich ihm zum Abschluss die Blumentöpfe auf der Fensterbank zeigte. Alle drei Pflanzen waren in die Höhe geschossen. Und kleine, kugelrunde Knospen hatten sie auch schon.

»Wunderbar!«, rief Herr Bovist. »Ganz wunderbar!«

In meinem Bauch flitzten kleine Glückskäfer umher. Und auch Anni grinste fröhlich mit ihrem breiten Mund.

Herr Bovist überlegte: »Morgen müsst ihr mich in mein Häuschen bringen. Ich muss den Kreis über Gunnars Schandtaten informieren. Und mit den Kreismitgliedern beratschlagen, wie wir mit diesem Gauner umgehen sollen.«

»Sollen wir nicht schon heute deine Freunde vom Kreis anrufen?«, fragte ich.

Der Kreis bestand aus lauter Menschen wie Herrn Bovist und Gunnar. Alle hatten sie dieses besondere Wissen über die Zauberpflanzen. Eine Art Zauberblumenklub sozusagen!

Herr Bovist seufzte: »Das wäre mir auch lieber. Die Telefonnummern stehen jedoch in meinem Adressbuch, und das trage ich nicht bei mir.«

»Hast du kein Handy?«, fragte Anni, »Da kann man

alle Telefonnummern und Adressen speichern und hat sie immer bei sich.«

Herr Bovist antwortete: »Ich sollte wohl einmal über den Besitz eines solchen Gerätes nachdenken.«

An diesem Abend konnten wir also nichts mehr tun.

Beim Abendessen ließ ich immer wieder unauffällig kleine Portionen von Papas leckerem Risi-Bisi in das Taschentuch auf meinem Schoß plumpsen.

»Und?«, fragte Papa. »Wie war denn dein Tag, Tilda?«

Ich schob mir schnell eine große Gabel Reis in den Mund. Und kaute und kaute. Mit vollem Mund darf man zum Glück nicht sprechen.

Als in meinem Mund nichts mehr zum Kauen war, sagte ich: »Erfolgreich!«

Und Papa und Mama lächelten zufrieden.

Wenig später verteilte ich den Reis auf zwei himmelblaue Tellerchen aus der Puppenhausküche. Rupert bekam etwas mehr von der Hackfleischsoße. Für Herrn Bovist hatte ich dafür noch Salat eingesteckt. Der war schon etwas matschig.

»Trotzdem vorzüglich!«, bemerkte Herr Bovist.

Rupert schlürfte in Windeseile seinen Teller blitzeblank.

»Der Hund müsste nun ins Freie, um sein Geschäft zu erledigen«, erklärte Herr Bovist.

Ungesehen kamen wir an der Küche vorbei. Mama und Papa räumten gerade die Spülmaschine ein und unterhielten sich dabei laut.

Im Juni ist es abends leider noch taghell. Deshalb musste ich in die hinterste Ecke unseres minikleinen Reihenhausgartens flitzen. Hinter einem mächtigen Bambusgewächs ließ ich Herrn Bovist und Rupert runter. Rupert verschwand sofort zwischen den ganzen Halmen und Gräsern.

»Vorsicht vor Hilde!«, rief ich ihm hinterher. »Bärbels Katze!«

»Wo?«, rief Herr Bovist und riss die Augen auf.

»Nirgendwo. Im Moment jedenfalls. Aber sie schleicht hier immer rum und fängt arme Mäuse und Babyvögel.«

»Nun ja«, sagte Herr Bovist. »Ich muss mich jetzt leider trotz dieser Hilde in die Büsche schlagen, um mich zu erleichtern. Die Toilette im Puppenhaus stinkt. Aber sie hat ja auch keine Spülung!«

Erst wunderte ich mich. Doch dann fiel mir ein, dass Anni das Puppenklo benutzt hatte, als sie vor ungefähr einer Woche als Zwerg unterwegs gewesen war. Sie hatte auch im Puppenbett geschlafen. Und es zerdrückt, als sie im Schlaf wieder auf Normalgröße gewachsen war. Aber Papa hatte es zum Glück wieder kleben können.

Zurück im Haus spülte ich mit zugehaltener Nase die kleine weiße Toilette mit der pinken Klobrille aus. Leider kam ausgerechnet in diesem Moment Leni ins Badezimmer.

»Seit wann spielst du wieder mit dem Puppenhaus?«, fragte sie. Aber dann war sie durch ihre wild schäumende Zahnbürste abgelenkt. Der Schaum quoll wie Sprühsahne aus ihrem Mund. Sie spuckte und würgte. Und fing mit ihrem Paviankreischen an. Schnell schlich ich zurück in mein Zimmer.

»Was ist denn da los?«, fragte Herr Bovist.

»Ach«, antwortete ich, »Anni hat wohl vergessen, nach der Kleiderwäsche im Schaumbad Lenis Zahnbürste ordentlich auszuspülen.«

Da würgte auch Herr Bovist ganz komisch.

Ich war plötzlich sehr, sehr müde.

Auch Herr Bovist rieb sich die Augen.

»Das war ein langer Tag!«, sagte er.

Er schlüpfte unter die gestreifte Decke im Puppenehebett und gähnte. Rupert streckte sich auf dem Flauschteppich aus. Vorsichtig klappte ich das Puppenhaus zu und

rief zum Abschluss durch das Schlafzimmerfenster: »Gute Nacht!«

»Eine gute Nachtruhe, liebe Matilda«, rief das helle Stimmchen von Herrn Bovist.

Und dann schlief mein ganzes Zimmer tief und fest.

Donnerstag, 12. Juni

Die Pflänzchen wachsen nach Plan. Endlich kann ich am Aussehen erkennen, welche Blume in welchem Topf wächst.

Ludmilla 2: Größe: 15 cm, sehr dicke Knospe, 2 gezackte Blätter, stark behaart.

Flugblume: Größe: 13 cm. 5 kleine Knospen auf verschiedenen Höhen an einem dünnen Stiel. 3 lange, dünne Blätter.

Spinnenpflanze: Größe: nur 11 cm. Dicke Knospe auf dickem Stiel. Keine Blätter.

Die Freundlichkeitspflanze sieht prächtig aus. Sie ist so gewachsen, dass ich den Plüschhund auf dem Schrank noch auf eine Kiste setzen musste, damit die Blüte nicht über den Hundekopf schaut.

An diesem Donnerstag kam ich ruck, zuck aus dem Bett. Weil mir sofort nach dem Augenaufschlagen Herr Bovist und Rupert einfielen. Ich schlich zum Puppenhaus und klappte die Vorderseite auf. Herr Bovist lag auf dem Rücken. Und schnarchte. Nur sein Kopf und die zerzausten Haare schauten unter der gestreiften Bettdecke hervor. Rupert hob kurz seinen Kopf. Dann schnarchte auch der Zwergenhund wieder auf dem Teppich.

Also zog ich mich schnell an und hüpfte zum Frühstück alle Treppen nach unten. Vierzig Treppenstufen, um genau zu sein. Denn in unserem schmalen Reihenhausturm haben Leni und ich unsere Zimmer direkt unter dem Dach.

Diesmal hatte ich eine kleine Schachtel dabei. Darin standen Becher, Teller und ein Topf aus dem Puppenhaus. Als Mama endlich zum Duschen verschwand, Papa die Pausenbrote am Küchentresen schmierte und die Zwillinge ihre Zähne putzten, füllte ich das Puppengeschirr mit Marmelade, Butter und kleinen Brotstücken. Wie ein Essenstablett im Hotel sah meine Schachtel jetzt aus. Und als Papa mit dem Kopf im Kühlschrank steckte, konnte ich noch etwas Wurst von den Pausenbroten stibitzen. Für Rupert.

Als ich im Puppenhaus den Tisch deckte, wachte Herr Bovist auf.

»Ich habe erstaunlich gut geschlafen«, stellte er fest.

Und über das Frühstück freute er sich mächtig.

»Das ist ja wie im Hotel!«, rief er und setzte sich an den Tisch.

Zufrieden frühstückten die beiden Zwerge in der Puppenhausküche.

»Ich hoffe, Rupert verträgt die Hausmannskost«, sagte Herr Bovist und streichelte über Ruperts Bauch. »Er braucht dringend sein Hundefutter. Das Tier bekommt sonst Verdauungsprobleme.«

»Tiiilda!«, rief Mama von unten. »Du musst los!«

Herr Bovist erschrak: »Rupert und ich müssten noch schnell in den Garten!«

Wie durch ein Wunder konnte ich die beiden Zwerge hinter den Bambus und danach wieder in das Puppenhaus schmuggeln, ohne dass Mama etwas merkte.

»Ich kann das Puppenhaus offen stehen lassen. Es sind gleich alle weg, in der Schule oder arbeiten«, erklärte ich Herrn Bovist. »Dann ist es bei euch nicht so dunkel!«

Die beiden Zwerge freuten sich und winkten mir zum Abschied.

Gleich in der ersten Stunde verkündete Frau Wonnemeier in Sachkunde: »Heute müsst ihr euch von unseren Schnecken verabschieden! Sie dürfen nach diesem kurzen Besuch bei uns zurück in die Natur!«

Da wurde ich sehr, sehr traurig. Wegen Tekla, meiner Lieblingsschnecke.

»Kann Tekla vielleicht auch woanders ihre Freiheit genießen?«, fragte ich deshalb Frau Wonnemeier zu Beginn der großen Pause. »Zum Beispiel im schönsten Garten der Welt?«

Frau Wonnemeier guckte erstaunt. »Welche von denen ist denn jetzt Tekla?«

Ich zeigte sie ihr: die mit den hübschen dunkelbraunen Streifen am Rand. Und ich zeigte ihr auch gleich mal, wie zutraulich Tekla schon war. Langsam kroch die Schnecke meinen Arm hoch.

»Also, ich weiß nicht!«, sagte Frau Wonnemeier und rieb sich die spitze Nase, bis sie ganz rot war. Aber weil Frau Wonnemeier die netteste Lehrerein aller Zeiten ist, kramte sie wieder in ihrem riesigen Schrank und zog ein großes Glas heraus. Es hatte einen grünen Deckel. In den wummerte sie mit einer spitzen Schere viele kleine Löcher.

»Luftlöcher!«, erklärte sie. »Unten im Hof pflückst du gleich noch etwas Löwenzahn als Vesper für deine Tekla. So kannst du deine Schnecke kurz transportieren. Du musst mir aber versprechen, dass du sie dann sofort in diesen phantastischen Garten entlässt.«

»Versprochen ist versprochen und wird nicht gebrochen!«, sagte ich feierlich.

Für die restliche Pause setzten Anni und ich uns an unseren Stammplatz auf dem Schulhof. Leider saß im Gebüsch schräg hinter uns schon wieder Kaninchen-Niklas.

»Was machst du denn da?«, fragte ich ein bisschen unfreundlich. Anni und ich hatten etwas zu besprechen. Und wir wollten keine Zuhörer.

»Seht ihr Lukas irgendwo?«, fragte Niklas.

Wir schauten uns um. Ich konnte den fiesen Viertklässler nirgends entdecken.

Anni fragte: »Warum hat Lukas dich denn auf dem Kieker?«

»Was heißt mich?«, fragte Niklas zurück. »Der ärgert doch alle. Und gerade eben mich. Keine Ahnung, warum. Vielleicht seid ja ab morgen ihr beiden dran.« Seine Augen guckten hoffnungsvoll.

»Der soll nur kommen!«, sagte Anni. »Und du gehst jetzt zu Frau Sommer. Dann lässt Lukas dich garantiert in Ruhe.«

Frau Sommer hatte meistens die Pausenaufsicht. Niklas krabbelte aus dem Gebüsch und zu ihr rüber.

»Wir müssen Niklas helfen«, stellte ich fest.

»Und Lukas stoppen!«, sagte Anni. »Sonst ärgert er statt Niklas einfach andere Kinder.«

»Es gibt *bestimmt* eine passende Zauberblume für solche Fieslinge«, überlegte ich. »Wir müssen Herrn Bovist fragen. Vielleicht können wir in unserer ersten Zauberblumenunterrichtsstunde ja einen hilfreichen Samen pflanzen.«

Anni kicherte. »Denkst du an die Warzenblume?«

In Herrn Bovists riesigem Familienbuch hatten wir eine Blume entdeckt, die einem am ganzen Körper Warzen bescherte.

»Ich glaube, wir brauchen beim fiesen Lukas einen anderen Zauber«, sagte ich. Welchen, wusste ich aber noch nicht. Da brauchten wir Herrn Bovists Hilfe, ganz klar.

Jetzt planten Anni und ich erst mal weiter die Zaubergartenrettungsaktion. Wir verabredeten, dass sie mich und die Zwerge nach den Hausaufgaben abholen sollte.

»Hoffentlich ist Gunnar nach Hause gefahren«, sagte ich.

»Er wird aber so oder so zurückkommen«, antwortete Anni. »Er will die Samen. Und das Zauberbuch!«

Und *ich* wollte endlich mit Herrn Bovists Zauberunterricht beginnen.

»Heute rufen wir den Kreis an«, sagte ich und rupfte ein paar Löwenzahnblätter für Tekla aus einer Bodenritze. »Und dann hat es sich ausgegunnart!«

»Tilda-Schatz«, sagte Mama beim Mittagessen. »Du solltest deine Pflänzchen auf die Terrasse stellen. Dort ist es luftiger als in deinem Zimmer. Und sie bekommen auch mal einen Regenschauer ab. Es wäre doch schade, wenn dein Schulprojekt scheitern würde.«

Ich sagte: »Da kommen die Schnecken.«

»Ach was«, rief Mama. »Wir stellen sie auf den kleinen Tisch unter dem Küchenfenster. Da kommt keine einzige Schnecke hin.«

Jonas sagte: »Das solltest du unbedingt tun, Tilda!«

Und Finn nuschelte mit vollem Mund: »Wir wollen doch alle dein Schulprojekt im Blick haben, Tilda-Schatz.«

Richtig sauer stapfte ich nach dem Essen zurück in mein Zimmer.

»Jetzt kann ich nicht einmal mehr in Ruhe ein Schulprojekt in meinem eigenen Zimmer durchführen«, erklärte ich Herrn Bovist und Rupert wütend.

»Welches Schulprojekt?«, fragte der kleine Mann und schob sich den letzten Bissen Mittagessen in den Mund.

»Na, die Blumen! Die müssen weg. Und zwar schnell!«

»Natürlich müssen die Pflanzen weg«, sagte Herr Bovist. »In diesem Haus ist das gesamte Bovist-Familiengeheimnis in Gefahr! Wir müssen alle Blumen zurück auf mein Grundstück schaffen.«

Das erklärte ich am Nachmittag auch Anni, als sie in meinem Zimmer stand und die Pflänzchen betrachtete.

Sie hörte mir nicht richtig zu. »Ludmilla zwei ist aber mächtig behaart.«

»Wie Papa«, sagte ich. »Das ist keine Ludmilla zwei, sondern ein Ludmillo!«

Vorsichtig streichelte ich über Ludmillos Haare. Kuschelig wie Babykatzenfell!

Die Knospe der Spinnenpflanze war schwarz.

»Stirbt sie?«, fragte Anni.

»Aber nein«, antwortete Herr Bovist. »Die Blüte dieser Pflanze ist schwarz mit einem leicht violetten Schimmer. Ihr werdet sehen, sie sieht phantastisch aus!«

Seine kleinen Augen glänzten.

Dann packten wir alle Blumentöpfe zurück in Opas Henkelkorb. Auch Rupert und Herrn Bovist setzen sich dieses Mal in den Korb.

»Und Tekla muss natürlich auch mit«, erklärte ich.

»Wer ist denn jetzt Tekla?«, fragte Herr Bovist.

Ich holte meine Schnecke aus ihrem Tiertransportglas. Sie hatte schon an dem Löwenzahn herumgeknabbert. Und ihn als kleine schwarze Kackawürste wieder im Glas verteilt.

»Ich habe Tekla und Frau Wonnemeier versprochen,

dass sie ihre Freiheit im schönsten Garten der Welt genießen kann. Und das ist nun einmal dein Garten, Herr Bovist«, erklärte ich.

»Soso«, sagte Herr Bovist. »Dann freue ich mich natürlich auf die neue Mitbewohnerin. Aber vielleicht findest du für Tekla ein Plätzchen weit ab von meinen Blumen?«

Sowieso! Und jetzt konnte es auch endlich losgehen. Weder Mama noch Finn und Jonas ließen sich blicken, als wir schwer beladen durch das Haus schlichen. Unbemerkt legte ich eine Nachricht auf den Küchentisch. Sehr, sehr leise zog ich die Haustür hinter unserer Gruppe zu.

Leider kamen wir an diesem Nachmittag nicht weit. Denn Opa stand auf seiner großen Holzleiter. Und die lehnte an einem Kirschbaum. Opa angelte nach den knallroten Früchten und warf sie in einen Korb. Gefährlich sah das aus. Obwohl Oma die Leiter festhielt.

»Hallo, Kinder!«, rief Oma fröhlich. Sie ließ die Leiter los, um uns zu küssen. Opa schwankte und schnaufte.

»Sollen *wir* nicht lieber da hochklettern?«, fragte Anni und blinzelte zu Opa hoch.

»Aber nein, Kind!«, rief Oma. »Das ist viel zu gefährlich! Du könntest abstürzen und dir auch noch den anderen Arm brechen!«

»Stimmt!«, sagte Anni.

»Ihr beiden geht jetzt schön spielen«, sagte Oma. »Nehmt euch noch ein paar Kirschen mit!«

Anni hängte sich wieder Kirschen über die Ohren. Und stopfte sich Kirschen in den Mund. Und ein paar Kirschen warf sie in unseren schweren Blumenkorb. Herr Bovist und Rupert duckten sich hinter den Blumentöpfen.

In meinen Beinen und in meinem Kopf kribbelten viele Ameisen. So ungeduldig war ich.»Komm jetzt, Anni!«, raunte ich.

Am Schuppen angekommen und außer Hörweite von Oma und Opa, rief ich: »Mist! Mist! Mist!«

Anni guckte erstaunt.

»Wie sollen wir jetzt über die Mauer kommen?«, fragte ich. »So ohne Leiter!«

Diese doofen Kirschen.

»Ich denke, wir könnten die Spinnenpflanze testen«, rief Herr Bovist aus dem Korb. »Die Blüte ist schon leicht geöffnet. Der Zauber müsste reichen, um über die Mauer zu kommen!«

Anni und ich beäugten die Spinnenpflanzenblüte.

Schwarz war sie. Nur die Spitzen der Blütenblättchen schillerten in der Sonne dunkellila.

Herr Bovist sagte: »Wenn ihr die Nase tief in die Blütenmitte eintaucht, müsste der Zauber greifen.«

Anni steckte ihre Nase zuerst hinein. Dann nahm ich einen tiefen Atemzug. Der Blütenstaub kitzelte in meinen Nasenlöchern. Sonst spürte ich nichts. Ich stellte mich an die Mauer und schaute an ihr hoch.

»Und jetzt?«, fragte ich. »Krabbeln? Oder gehen? Oder robben?«

Anni lachte. Dann legte sie die Hände an die Mauer und lief wie eine Eidechse auf allen vieren die Mauer hoch. Unglaublich leicht sah das aus. Trotz Gips.

Anni rief von oben: »Das ist total einfach. Komm, Tilda!«

Kopfüber hing sie an der Mauer.

»Wahnsinn!«, rief sie und krabbelte in Schlangenlinien hoch und runter, hoch und runter. Beim Zuschauen zuckten meine Beine. Ich wollte auch!

Vorsichtig legte ich meine Hände an die Mauersteine. Meine Handflächen wurden warm und immer wärmer. Sie saugten sich mit einem leisen Schmatzen an den Steinen fest. Auch meine Turnschuhe hafteten problemlos an den Steinen. Langsam krabbelte ich Stück für Stück nach oben. Aber dann wurde ich immer schneller und wendiger. Jetzt wuselten Anni und ich wie echte Spinnen kreuz und quer die hohe Mauer entlang.

»Hallo, hallo?«, hörte ich irgendwann Herrn Bovists Stimme.

Stimmt, wir hatten ja noch was vor!

Anni packte den einen Henkel des Korbes, ich den anderen. Aber so oft wir es auch probierten, wir konnten nicht die Mauer hochkrabbeln und gleichzeitig den Korb halten. Tausend Versuche starteten wir. Na gut, aber mindestens fünfzehn.

Erschöpft gaben wir auf und plumpsten ins Gras.

»Würdet ihr uns bitte aus dem Korb lassen?«, rief Herr Bovist.

Ich setzte die beiden Zwerge ins Gras. Herr Bovist lief auf und ab. Die Arme hatte er hinter seinem Rücken zu einer Brezel gelegt.

»Wir lassen die Pflanzen hier. Selbstverständlich gut versteckt!«, verkündete er schließlich seinen Plan. »Wir können sowieso nicht sicher sein, ob Gunnar wirklich abgereist ist. Schließlich will er das Familienbuch und die Samen haben. Auf Teufel komm raus. Wie ich Gunnar kenne, gibt er nicht so schnell auf. Wir müssen sehr vorsichtig sein!«

»Aber die Spinnenpflanze muss mit«, sagte ich. »Sonst kommen wir nicht über die Mauer zurück.«

»Wir haben aber keinen Rucksack!«, stellte Anni fest.

Stimmt. Wir waren schlecht ausgerüstet. Diese doofen Kirschen hatten alle Pläne kaputtgemacht.

Ich fragte: »Sollten wir nicht auch Ludmillo mitnehmen? Falls Gunnar da drüben herumschleicht?«

Herr Bovist kratzte sich am Kopf. »Dein Ludmillo hat noch zu wenig Kraft. Die Blüte ist vollkommen geschlossen. Wir lassen alle Pflanzen diesseits der Mauer. Schließlich können wir mein Grundstück wie normale Menschen durch das große Tor an der Straße verlassen. Jawohl!«

»Und wenn Tante Ilse uns sieht?«, fragte ich. Tante Ilse hat ihre Augen wirklich überall.

»Wir haben im Moment keine andere Möglichkeit. Wir müssen eben auf der Hut sein!«, erklärte Herr Bovist.

Also versteckten Anni und ich den Korb hinter einem kugelförmigen Busch gleich neben dem Schuppen.

Rupert steckte ich mir in die Rocktasche.

»So, Herr Bovist«, sagte ich. »Jetzt musst du auch in eine Tasche. Oder du riechst doch noch an der Spinnenpflanze?«

»In jungen Jahren war solch ein sportlicher Zauber

kein Problem für mich«, antwortete Herr Bovist seufzend. »Aber mit über achtzig Jahren sollte ich wirklich kürzer treten. Der Gesundheit zuliebe.« Herr Bovist hatte sich wegen seiner Zauberei schon den Po geprellt. Und den linken Fußknöchel gebrochen. Und einmal hatte er sich eine üble Platzwunde zugefügt. Also steckte ich ihn in meine andere Rocktasche. Weil ich meine Taschen mit dicken Druckknöpfen verschließen konnte. Das war jetzt wirklich mal praktisch.

Ich hörte Herrn Bovists Stimme dumpf wie aus einer Höhle: »Kind, denkst du bitte an meinen empfindlichen Magen?«

Ich streichelte kurz über meine Rocktasche: »Klar, Herr Bovist. Ich muss ja auch nicht kopfüber die Mauer runterklettern. Und Kurven mache ich auch nicht. Außerdem sind wir ruck, zuck drüben!«

Plötzlich durchzuckte mich ein Gedanke. »Tekla! Was mache ich mit ihr? Passt sie noch zu dir in die Rocktasche?«

»Auf keinen Fall!«, rief Herr Bovist und streckte seinen Kopf heraus. »Hier am Schuppen hat es deine Schnecke vorerst doch sehr schön!«

Das stimmte. Also setzte ich Tekla ins Gras neben dem Schuppen. Sofort streckte sie ihre langen Fühler aus und

guckte sich neugierig um. »Bis später, Tekla«, sagte ich zu meiner Schnecke. »Und lauf nicht zu weit weg. Das hier ist nur ein Zwischenstopp!«

Und jetzt konnte es auch endlich losgehen!

Anni flitzte in vielen Kurven die Mauer entlang. Ich nahm den kürzesten Weg. Auf der anderen Seite setzte ich Herrn Bovist auf meine Schulter.

Anni schnappte sich Rupert und stellte ihn auf ihren Gipsarm.

»Du kleiner Fifi!«, sagte sie und kraulte sein Köpfchen.

Herr Bovist und ich guckten mit großen Augen.

Anni sagte: »Da staunt ihr, was? Meine Hundeangst ist besiegt!«

Da war ich mir nicht so sicher. Aber gut.

Kurz zeigten Anni und ich Herrn Bovist den ausgehöhlten Baum mit dem Zauberbuch und die vielen Samen im Koffer.

Herr Bovist sagte: »Das habt ihr wirklich gut gemacht. Mein Reisekoffer ist von bester Qualität. Selbst einem Gewitterschauer müsste er standhalten.«

Beim Anblick des ganzen Zauberblumenmaterials fiel

mir plötzlich Niklas wieder ein. Und Lukas. Und dass ich unbedingt mit Herrn Bovist darüber sprechen musste.

»Du, Herr Bovist«, sagte ich deshalb, »können wir vielleicht noch kurz in dein Zauberbuch schauen? Wir haben nämlich ein Problem mit einem fiesen Jungen und brauchen deine Hilfe. Und die Hilfe der richtigen Zauberpflanze.«

Herr Bovist strich sich die Sturmfrisur glatt. »Davon musst du mir nachher unbedingt Genaueres berichten. Aber zuerst rufen wir den Kreis an. Die Sache ist gerade am dringendsten. Wenn wir Gunnar nicht unschädlich machen, werden meine Samen niemandem mehr helfen können. Los jetzt!«

Wenig später standen wir auf der Lichtung beim Gewächshaus. Einsam und friedlich glitzerte es vor sich hin.

»Weiter!«, sagte Herr Bovist. Er hatte es wirklich eilig.

Kurz vor der Hexenhauslichtung sagte Herr Bovist: »Lasst uns kurz das Haus beobachten.«

Also versteckten wir uns hinter der Hecke und starrten zum Haus. Minutenlang.

»Mein Auto sehe ich schon einmal nicht«, stellte

Herr Bovist schließlich fest. »Ich denke, Gunnar ist abgereist!«

Schnurstracks liefen wir zur Hintertür. Sie stand offen. Da regte sich zum ersten Mal an diesem Tag der Bär in meinem Bauch. Meine Schritte wurden langsamer. Auch Herrn Bovists Haare standen ab wie unter Strom. Nur Anni war guter Dinge und verschwand mit Rupert im Häuschen.

»Irgendetwas ist komisch«, flüsterte ich und blieb stehen.

Herr Bovist auf meiner Hand nickte. »Seltsam, sehr seltsam!«

Anni rief von drinnen: »Was ist? Kommt ihr?«

Haarwuchszauber

Langsam ging ich in die Küche des Hexenhäuschens. Meine Ohren zuckten fast wie bei einem Hasen. So sehr lauschte ich in alle Richtungen. Und der Bär in meinem Bauch lauschte mit. Doch nichts passierte. Rupert flitzte über den Blumenteppich, die Nase immer am Boden.

Herr Bovist sagte: »Wir beeilen uns besser. Bring mich bitte ins Wohnzimmer. Der Tisch hat eine kleine Schublade. Da sind meine wichtigen Unterlagen drin.«

Ich setzte den Zwerg auf den Tisch. Und gerade als ich mich zur Schublade hinunterbeugen wollte, hörte ich eine sehr, sehr laute Männerstimme hinter mir sagen: »Da seid ihr ja endlich!«

Gaaanz langsam drehte ich mich um.

Gunnar stand in der Tür zur Küche. Mit seinen roten

Haaren und dem roten Bart sah er wirklich aus wie ein Fuchs.

Ich schnappte mir Herrn Bovist vom Tisch und stopfte ihn in meine Rocktasche.

Gunnar lachte ein hohes, meckerndes Lachen. Dann sagte er mit einer gefährlich leisen Stimme: »Kind, gib mir Konrad. Oder willst du, dass ich dich und deine Freundin in kleine Mäuse verzaubere und den Löwen im Zoo zum Abendessen verfüttere?«

»Pah!«, machte Anni. Sie stand mitten auf dem Blumenteppich und guckte wie ein Stier.

Plötzlich raste ein kleines graues Fellknäul auf Gunnar zu. Rupert! Er nahm Anlauf und schnappte in Gunnars blaues Hosenbein.

»Verzieh dich!«, zischte Gunnar und schüttelte sein Bein. Der arme Rupert konnte sich mit seinen Mausezähnen nicht halten und flog im hohen Bogen direkt vor meine Füße.

»Rupert!«, rief ich erschrocken.

Rupert rappelte sich auf, schüttelte sich und wollte tatsächlich einen neuen Angriff wagen. Ich konnte ihn gerade noch mit einer Hand schnappen.

»Pscht, Rupert!«, hauchte ich in sein fingernagelkleines Ohr.

Jetzt war Rupert still. Aber er zitterte und vibrierte, und seine grauen Haare standen in alle Richtungen ab.

»Tilda!«, hörte ich Herrn Bovists Stimmchen von unten. Sein wuscheliger Kopf schaute aus meiner Rocktasche. »Tu, was Gunnar sagt.«

»Nein!«, riefen Anni und ich.

»Doch! Sofort!«, rief Herr Bovist.

Jetzt zitterte auch ich. Was sollten Anni und ich denn machen? Als Löwenfutter konnten wir Herrn Bovist auch nicht mehr helfen. Als Anni und Tilda, die sich erst einmal verzogen, schon eher.

Gunnar streckte seine Hand aus.

Der Bär in meinem Bauch brüllte *Nein!*

Herr Bovist brüllte: *»Los jetzt*, Matilda!«

Ich war wie erstarrt.

Und da sagte Herr Bovist ganz, ganz leise, so dass nur Rupert und ich es hören konnten: *»Ludmillo!«*

Da wurde alles in mir ruhig. Vorsichtig nahm ich Herrn Bovist aus meiner Tasche und setzte ihn zu Rupert auf die andere Hand. Der kleine Mann umarmte den kleinen Hund ganz fest. Dann drehte er sich zu mir um und guckte mich sehr, sehr freundlich an.

»Wir schaffen das, Matilda. Ich mache mir keine Sorgen«, sagte er leise. »Nutze einfach deinen Verstand.«

»*Schluss* jetzt mit dem Affentheater!«, rief Gunnar.

Er machte ein paar große Schritte und schnappte sich Herrn Bovist. Wieder tobte Rupert. Ich umklammerte seinen zarten Körper.

»Und jetzt«, sagte Gunnar, »bringe ich euch zum Tor. Ich möchte euch *nie mehr* auf diesem Grundstück sehen. *Habt ihr mich verstanden*? Mischt euch *nie wieder* in anderer Leute Angelegenheiten ein!«

Er schubste mich vor sich her zur Hintertür. Dort wartete er, bis auch Anni auf die Wiese gestolpert kam.

»Und während ich die Mädchen rauswerfe, wartest du hier im Suppentopf«, sagte Gunnar zum Zwerg auf seiner Hand. »Da kommst du wenigstens nicht raus!«

Dann scheuchte uns Gunnar die Kiesauffahrt entlang bis zum großen Eisentor. Bevor er es wieder hinter uns schloss, zischte er: »Löwenfutter. Vergesst das nicht!«

Das mächtige Tor schloss sich quietschend. Anni, Rupert und ich standen auf der Straße.

»Mist, Mist, Mist!«, hauchte ich.

Rupert fiepte auf meinem Arm. Anni scharrte mit den Füßen.

»Kommt!«, sagte ich schließlich. »Hier können wir gerade nichts machen. Wir brauchen mal wieder einen richtig guten Plan.«

Stumm trotteten wir an der großen Mauer entlang. Ich grübelte und grübelte.

»Willst du?«, fragte Anni. Sie hielt mir ein Schokobonbon unter die Nase.

»Nö!«, antwortete ich. Und schob mir ein Melonenkaugummi in den Mund. Das hilft immer bei Kummer.

Inzwischen waren wir am Gartenzaun von Oma und Opa angekommen und öffneten das kleine Gartentor. Wir nahmen den Pfad ganz links, weil Opa immer noch auf der Leiter stand. Rupert wuselte die ganze Zeit um meine Füße herum.

Beim Schuppen packte ich Anni am Arm: »Nicht auf Tekla treten!«

Vorsichtig staksten wir durch das Gras. Aber nirgends blitzte ihr Schneckenhaus zwischen den Grashalmen auf. Also suchten wir um den ganzen Schuppen herum. Nichts!

»Ist Tekla eine Rennschnecke?«, fragte Anni.

Da entdeckte ich das hübsche Schneckenhäuschen. Es klebte an der großen Gartenmauer.

»Sie hält ein Schläfchen!«, sagte ich erleichtert.

Also setzten wir uns ins Gras. Direkt unter Tekla. Die Mauer war noch schön warm von der Sonne.

»Die Frage ist, ob wir sofort mit der Rettungsaktion starten«, stellte ich fest. Anni neben mir raschelte.

»Was machst du da?«, fragte ich.

»Den letzten Schokodrops essen«, sagte Anni. »Du wolltest ja keinen.«

Ihre Lippen glänzten, als ob sie einen Schokolippenstift benutzt hätte. Ich starrte sie an. Irgendetwas war komisch.

»Diese Schokodrops waren irgendwie salzig« sagte Anni und rappelte sich auf. »Ich brauch was zu trinken.«

Jetzt sah ich, was an Anni seltsam war. Wie sie so vor mir stand, reichten ihre Haare bis zur Hüfte. Und als sie mit einer Flasche Sprudel aus dem Schuppen zurückkam, schienen sie noch länger zu sein.

»Guck mal, deine Haare!«, sagte ich.

»Mein lieber Scholli!«, rief Anni. »Heute Morgen gingen sie mir gerade mal bis zum Bauch.«

»Jetzt gehen sie bis zum Po!«, stellte ich fest.

»Ist ja toll!«, sagte Anni und drehte sich im Kreis. Die Haare wehten um sie herum wie ein dicker schwarzer Samtvorhang.

»Waren das *deine* Schokodrops?«, fragte ich.

Annis Gesicht leuchtete kirschrot.

»Ähm«, sagte sie. »Die habe ich Gunnar stibitzt. Als fürchterliche Rache, sozusagen.«

»Haarwuchszauberschokodrops!«, sagte ich.

»Haarwuchszauber?«, fragte Anni und schaute an sich runter. Die schwarzen Haare baumelten fast bis zum Oberschenkel. Wie bei Arielle, der kleinen Meerjungfrau.

»Aber warum hat Gunnar Haarwuchsschokodrops?«, überlegte Anni.

Ich zuckte mit den Achseln. »Das ist jetzt auch egal! Wir müssen den armen Herrn Bovist aus Gunnars Krallen befreien. Und zwar zackig!«

Also holten wir lieber die Zauberblumen aus ihrem Versteck. Ludmillos Knospe war noch zu. Nur zwei einzelne Blütenblättchen ragten aus dem runden Ballen heraus.

»Warum brauchen die Blumen dieses Mal so lange, um zu blühen?«, fragte Anni.

Ich überlegte. »Vielleicht hatten sie heute im Gebüsch zu wenig Sonne?«

Die Knospe der Flugblume war noch komplett geschlossen.

»Oder Herr Bovist gibt ihnen spezielles Futter. Zauberblumenspezialfutter!«, sagte Anni.

Ich rief: »Wir können *überhaupt nichts* machen!«

»Wir können höchstens noch einmal als Spinnen da rüberklettern und unser Glück versuchen«, sagte Anni.

»Und wenn Gunnar uns schnappt?«, fragte ich.

»Löwenfutter!«, raunte Anni mit tiefer Stimme.

Ich betrachtete die rosa Freundlichkeitsblume. Prachtvoll sah sie aus.

»Also«, sagte ich und schaute auf die Uhr. »Wir haben noch Zeit, um zu backen.«

»Lecker!«, rief Anni und klatschte fröhlich in die Hände. »Was backen wir denn Schönes?«

»Na, die Freundlichkeitskekse!«, antwortete ich. »Vielleicht können wir sie morgen Gunnar unterjubeln.«

Vorsichtig pflückte ich die rosa Blütenblättchen, steckte sie in ein sauberes Taschentuch und dann in die Rocktasche. Die Freundlichkeitsblume war jetzt nackig.

Dann ging ich in den Schuppen. In der Zeitschriftenkiste war eine Dose mit Stiften. Und einer Schere.

»Wir müssen deine Haare schneiden«, sagte ich zu Anni. »Unsere Mamas kommen sonst noch auf doofe Ideen!«

Es ist gar nicht so einfach, Haare zu schneiden. Vor allem, Haare ohne Stufen zu schneiden. Immer war eine Seite kürzer.

»Also, jetzt habe ich bald gar keine Haare mehr«, sagte Anni irgendwann. Das stimmte aber gar nicht. Auf der einen Seite gingen die Haare noch bis zur Schulter.

»Wenn du alle Drops aufgegessen hast, wachsen deine Haare sowieso gleich wieder nach«, vermutete ich.

»Dann stecke ich mir die Schere wohl lieber in die Tasche«, erklärte Anni.

»Jetzt brauchen wir nur noch einen sicheren und sonnigen Platz für die Blumen«, bemerkte ich und zupfte lange schwarze Haare von meinem T-Shirt. »Kannst du sie vielleicht mal in dein Zimmer stellen?«

»Boah!«, rief Anni. »Du kennst doch meine Mutter!«

Stimmt. Renate war eindeutig zu neugierig.

Genau im richtigen Moment schoss eine super Idee durch meinen Kopf. »Wir fragen Oma, ob wir die Blumen bis morgen bei ihr unterstellen dürfen. Auf irgendein sonniges Fensterbrett. Oma vergisst die Blumen ganz schnell wieder.«

Anni fand die Idee auch prima. Ihre Haare hingen ihr

auf der einen Seite schon fast wieder bis zum Bauch. Die andere Seite ging bis zur Schulter. Also schnitt ich ihr die Bauchseite auch bis zur Schulter ab. So ging es.

Zusammen schnappten wir uns den Blumenkorb und Rupert, verabschiedeten uns von der schlafenden Tekla und liefen zu Omas Haus.

Sie stand in der Küche und bestäubte einen Kuchen mit Puderzucker.

»Ihr kommt genau rechtzeitig!«, sagte sie fröhlich. »Gleich gibt es für jeden ein Stück.«

»Toll«, sagte ich. »Dürfen wir vorher aber noch unsere Blumen bei dir auf ein sonniges Fensterbrett stellen?«

Oma guckte kurz von ihrem Zuckerstaub auf.

»Klar«, antwortete sie. »Sucht euch ein Zimmer aus.«

»Und dann kommen wir sofort Kuchen essen!«, sagte Anni.

Ich zog am Korb. Wir stellten die Blumentöpfe ins Gästezimmer. Da schien schon morgens die Sonne durchs Fenster. Bis morgen Nachmittag hätten die Blumen bestimmt schon ordentlich Sonne getankt. Anni gab jedem Pflänzchen noch einen Zahnputzbecher voll Wasser zu trinken. Fertig. Den Kuchen hatten wir uns jetzt verdient. Aber zuerst musste ich noch Annis Haare schneiden. Und weil wir es so eilig hatten, aßen wir den Kuchen auf dem

Heimweg. Wir mussten ja selbst noch backen und durften keine Zeit mehr verlieren.

In der Küche stand leider Mama.

»Was ist denn mit deinen Haaren passiert?«, fragte sie Anni.

Anni antwortete: »Das ist exakt die Frisur von dieser berühmten Sängerin. Wie heißt die doch gleich? Na, jedenfalls tragen bald alle die Frisur.«

So wie Mama guckte, wollte sie die Frisur auf keinen Fall.

Ich fragte: »Du, Mama, was hast du jetzt vor?«

»Warum?«, fragte Mama zurück.

»Das kann ich dir jetzt nicht verraten!«, sagte ich. »Aber es ist eine wirklich schöne Überraschung! Für dich!«

Rupert zappelte in meiner Rocktasche.

Mamas Stirn legte sich in Falten. Ich küsste ihre Nase. Das hilft immer.

»Ihr macht aber keine Sauerei!«, sagte Mama mit glatter Stirn.

»Natürlich nicht!«, antwortete ich und drehte meine Augen nach oben.

Endlich waren wir allein in der Küche. Schnell suchten wir Mehl, Zucker, Butter und Eier zusammen. Rupert saß neben der Eierschachtel auf der Arbeitsfläche und schaute uns zu. Ab und zu schleckte er an der Butter.

»Ob wir die Blüten zermatschen müssen?«, überlegte ich.

Vorsichtig schüttelte ich die kleinen rosa Blättchen in eine Backschüssel.

»Ach was!«, sagte Anni.

Ihre Haare hingen schon wieder bis zum Po. Ich schnitt sie schnell wieder auf Schulterlänge ab. Falls Mama neugierig war und gucken wollte. Ich war langsam richtig gut im Haareschneiden. Fast gerade war die Frisur. Leider lagen jetzt ein paar Haare zwischen den Blüten. Aber gut.

Es war anstrengend, alle Zutaten in der Schüssel zu mischen. Es gab riesige Klumpen. Sosehr Anni auch rührte und rührte, die gingen nicht weg.

»Egal jetzt!«, sagte ich. »Wir haben nicht ewig Zeit.«

Also formten wir mit den Händen Kekse. Das heißt, wir versuchten es. Der Teig war irgendwie zu dünn. Flache Fladen lagen auf dem Blech. Mit rosa Tupfen. Die Haare, die wir entdeckten, pulten wir noch raus. Endlich konnten wir das Blech in den Ofen schieben.

Beim Warten tranken wir Apfelschorle. Und ich schnitt noch einmal Annis Haare.

»Gunnar hatte doch überhaupt keine langen Haare«, überlegte Anni.

Ich stellte fest: »Er futtert wahrscheinlich auch keine hundert Drops auf einmal. Oder zwanzig.«

Vor lauter Haarproblemen vergaßen wir fast die Kekse im Ofen. Leicht angekohlt lagen sie auf dem Backblech. Schön sahen sie nicht aus. Und auch nicht unbedingt lecker.

»Was riecht hier so fein?«, riefen plötzlich die Zwillinge.

Ich konnte gerade noch Rupert in die Rocktasche stecken.

Meine Brüder drängelten sich an uns vorbei. Beide grapschten sich je einen Keks und stopften ihn sich in den Mund.

»Äääh hh!«, würgte Finn und zog sich ein langes schwarzes Haar aus dem Mund.

»Widerlich!«, schnaubte Jonas und schluckte schnell alles runter.

Anni kicherte. Die Jungen spülten mit Apfelschorle nach. Und betrachteten die Kekse.

»Na ja!«, sagte Finn. »Ihr habt euch wirklich Mühe gegeben!«

Jonas lächelte. »Sie waren gar nicht sooo schlecht, eure Kekse!«

Langsam gingen sie zur Tür. Dort drehte Finn sich noch einmal um: »Und Anni, deine neue Frisur ist echt cool!«

Endlich waren wir wieder allein.

»Der Zauber wirkt!«, rief Anni, und ihre Augen funkelten. »Morgen füttere ich Lukas mit einem leckeren Keks!«

Leider musste sie dann nach Hause.

Ich stellte die Schachtel mit dem Gebäck auf meinen Schreibtisch. Natürlich schenkte ich Mama noch einen Keks. Sie beäugte ihn von allen Seiten und sagte: »Das ist ja eine tolle Überraschung. Den Keks hebe ich mir für später auf!«

Rupert wollte in dieser Nacht nicht allein im Puppenhaus schlafen. Also legte ich den gelben Flauscheteppich neben mein Kopfkissen. Als wir nebeneinanderlagen und ich Ruperts Bauch streichelte, wurde ich plötzlich ganz traurig. Ob Herr Bovist noch in seinem Suppentopf saß? Hatte er mit seinem empfindlichen Rücken überhaupt ein richtiges Bett zum Schlafen?

Vorbereitungen

Freitag, 13. Juni

Ich kann heute Morgen überhaupt nichts über die Zauberblumen aufschreiben. Weil sie ja bei Oma und Opa im Gästezimmer stehen. Das mache ich später, ganz bestimmt. Heute müssen die Zauberblumen ihre Blüten geöffnet haben. Wir BRAUCHEN sie, um Herrn Bovist zu retten. Und um das Adressbuch aus dem Hexenhäuschen zu holen.

Mein Kopf fühlte sich matschig an, als Mama mich an diesem Freitag weckte. Rupert hatte sich in der Nacht zwischen meine Stofftiere gekuschelt. Und weil ich wirklich viele Stofftiere im Bett habe, fiel Mama überhaupt nicht auf, dass dazwischen ein echter Hund steckte.

Doof war nur, dass Rupert nicht allein bleiben wollte. Sobald ich ihn in das leere Puppenhaus setzte, fing er an zu jaulen.

»Pscht!«, machte ich und nahm ihn schnell wieder auf den Arm. »Ich muss doch Frühstück holen.«

Aber da war nichts zu machen. Rupert wollte mit. Wahrscheinlich vermisste er Herrn Bovist ganz fürchterlich. Vielleicht musste er auch einfach nur Pipi oder hatte Hunger. Deshalb ging ich erst einmal mit Rupert hinter den Bambus. Während der Hund im Gebüsch verschwand, konnte ich geradewegs durch das Küchenfenster gucken. Leni, Finn und Jonas saßen um den Tisch. Mama packte Brotdosen für die Schule. Papa sah ich nicht.

Als Rupert an meinem Fuß scharrte, hob ich ihn auf meinen Arm.

»Wir müssen warten, bis alle aus der Küche verschwunden sind. Damit du unentdeckt bleibst!«, erklärte ich Rupert.

Also schauten wir zu zweit den anderen beim Frühstücken zu. Endlich standen alle auf und verschwanden durch die Küchentür.

»*Tilda!*«, brüllte Mama. »Wo bleibst du denn?«

Schnell wuselte ich in die Küche. Rupert steckte in der Rocktasche.

»Du hast ja schon wieder diesen Rock an!«, war das Erste, was Mama sagte, als sie mich sah. »Der ist doch schon ganz fleckig!«

Ja, schon. Der hatte aber die super Druckknöpfe an den Taschen.

Weil Mama es sehr eilig hatte und noch duschen musste, vergaß sie meinen Rock glücklicherweise wieder.

Ich setze Rupert neben mich auf die Küchenbank und fütterte uns abwechselnd mit Müsli. Rupert war auch ganz brav und machte keinen Mucks, als Papa sich zu uns an den Tisch setzte.

Leider wollte Rupert dann auch mit in die Schule. Der Bär in meinem Bauch grummelte leicht, als wir zusammen das Haus verließen. Hoffentlich würde in der Schule keiner den kleinen Hund bemerken!

In der Schule bekam ich Ärger, weil ich das Musikheft nicht dabei hatte. Es lag noch im Schuppen. Daran war wirklich Mama schuld. Außerdem war in meinem Kopf immer noch eine einzige Matschepampe. Ich konnte überhaupt nicht klar denken.

»Freitag, der Dreizehnte«, raunte Emil mir nach einer

falschen Antwort zu. »An solchen Tagen klopft das Unglück an die Tür!«

»Das Unglück sitzt schon jeden Tag neben mir«, zischte ich als Schlange zurück.

»Matilda! Emil!«, rief Frau Wonnemeier. *»Ruhe!«*

Ein Glückstag sah jedenfalls anders aus.

Und dann drehte Rupert plötzlich durch. Ich hatte alle meine Hefte und Bücher unter den Tisch gepackt, damit ich ihn in den leeren Schulranzen setzen konnte. Er legte sich zu Beginn der Mathestunde auch ganz brav auf seinen gelben Flauscheteppich, und ich klappte den Schulranzendeckel zu. Aber kurz vor der großen Pause rumpelte es plötzlich im Ranzen. Als ich vorsichtig den Deckel lüpfte, kam mir eine Stinkewelle entgegen. Rupert fiepte und drehte sich im Kreis, und der ganze schöne Teppich war voller gelbbrauner Hundekacke.

»Was hast du da?«, fragte Emil hinter meinem Rücken.

Ich musste mit Rupert weg! Und zwar schnell! Ich packte meinen Schulranzen und stürmte aus dem Klassenzimmer.

»Matilda?«, rief die erstaunte Frau Wonnemeier mir hinterher.

Ich rannte zur Mädchentoilette. Und setzte Rupert in

eins der Waschbecken. Vorsichtig wusch ich sein Fell mit warmem Wasser und Seife. So eine Sauerei. Aber Rupert gefiel das Bad. Er wedelte mit dem Schwanz. Die Tür wurde aufgerissen, und Anni tauchte neben mir auf.

»Ich soll schauen, wie es dir geht«, sagte Anni.

»Rupert hat Durchfall!«, verkündete ich stöhnend. »Wahrscheinlich verträgt er kein Müsli! Wir brauchen richtiges Hundefutter!«

Anni sagte: »Und jetzt trinkt er das Badewasser!«

Schnell packte ich Rupert. Anni zog ganz viele Papierhandtücher aus dem Spender, und wir rubbelten den kleinen Hund trocken.

»Ich sage Frau Wonnemeier, dass du nur furchtbar dringend aufs Klo musstest und gleich kommst«, sagte Anni.

Aber erst holte sie noch eine Schere aus ihrer Hosentasche. Und schnitt sich den Pferdeschwanz kürzer. Der Restzopf landete im Mülleimer.

Ich nickte. »Gut! Es klingelt gleich zur Pause. Wir treffen uns im Hof. An unserem Stammplatz.«

Ich setzte Rupert in der Pause gut versteckt hinter den großen Stamm. Er schüttelte sich und schnupperte dann zwischen den Wurzeln herum. Kacka machte er zum Glück nicht mehr. Ruperts Bauch war offenbar leer.

»Und dein Schulranzen ist voll!«, sagte Anni.

Ich guckte in Richtung Schultor. »Schau mal, da drüben, der fiese Lukas.«

Er hielt gerade ein Mädchen an ihrem Zopf fest. Mit der anderen Hand schnappte er sich den Müsliriegel der Erstklässlerin. Die schrie wie am Spieß.

Ich sagte: »Jetzt haben wir immer noch keine Zauberblume für den fiesen Lukas. Und alles nur wegen Gunnar!«

Frau Sommer tauchte in unserem Blickfeld auf. Und schickte Lukas auf die Auszeitbank. Der grinste nur blöde.

»Ich finde meinen Plan mit den Keksen prima. Wir füttern Lukas jeden Morgen einen Keks mit lila Blüten, und schon ist er ein Sonnenkind«, sagte Anni.

»Mhmmm«, machte ich. Die Idee war nicht schlecht. »Aber wenn uns die Kekse ausgehen, wird er sofort wieder fies. Und Mama lässt uns bestimmt nicht dauernd Kekse backen.«

»Stimmt!«, sagte Anni und guckte finster. »Lukas braucht einen Denkzettel.«

»Er darf aber nicht merken, dass wir beide dahinterstecken«, überlegte ich. »Wenn er uns auf dem Kieker hat, ist am Ende noch unser Geheimnis in Gefahr.«

Anni wusste natürlich sofort, welches Geheimnis ich meinte: das große Wissen um die Zauberblumen!

»Erst holen wir Herrn Bovist zurück, dann kümmern wir uns um Lukas«, schlug ich vor.

Oma sagt immer: Aufgeschoben ist nicht aufgehoben. Und das stimmt!

»Jetzt zurück zu unserer Herrn-Bovist-Befreiung: Du fragst Renate gleich, ob du bei mir übernachten darfst. Und ich frage Mama!«

»Klar wie Klößchenbrühe«, sagte Anni. »Dann bereiten wir alles für die große Befreiung vor.«

Ich überlegte. »Vor allem brauche ich ein Tragegestell für Rupert. Wenn wir im Dunkeln über die Mauer klettern, müssen wir dunkle Kleidung von Finn und Jonas anziehen. Als Tarnung. Und keine normale Hosentasche hat einen Knopf wie mein Rock. Rupert kann also rausfallen, wenn ich als Spinne unterwegs bin und mit dem Kopf mal nach unten hänge! Oder wenn ich fliege und einen Salto schlage!«

»Wir brauchen ein Tragegestell wie für frisch geborene Babys«, antwortete Anni. »Die schnallt man sich um den Bauch.«

Die Idee fand ich super. Wir hatten am Nachmittag auf jeden Fall viel zu tun!

Rupert verbrachte den restlichen Vormittag brav in meinem Schulranzen. Den schönen Teppich hatte ich leider in den Müll schmeißen müssen. Aber Rupert kuschelte sich einfach in meine Strickjacke und verschlief Deutsch, Sachkunde und Religion. Der Glückliche!

Nur Emil schlief leider nicht.

»Was hast du da in deinem Schulranzen?«, fragte er und ging mir damit fürchterlich auf die Nerven. »Ist das ein Tier?«

Ich beschriftete die Schnecke auf meinem Arbeitsblatt.

Emil fragte weiter: »Soll ich Frau Wonnemeier einen Tipp geben, oder zeigst du es mir in der Pause?«

Dieser garstige Emil. Immer hatte ich den an der Backe.

In der Pause zeigte ich Emil etwas ganz anderes: einen Keks mit rosa Pünktchen. Erst wollte er ihn nicht essen. Aber Anni flüsterte ihm etwas ins Ohr. Und dann futterte Emil den Keks bis auf den letzten rosa Krümel. Ab da hatte ich meine Ruhe. Weil Emil die restliche Zeit durchs

Klassenzimmer lief und jedes Kind fragte: »Kann ich dir helfen?«

Auf dem Heimweg fragte ich Anni: »Was hast du Emil vorhin ins Ohr geflüstert?«

»Dass er zwei Melonenkaugummis bekommt, wenn er deinen leckeren Keks verputzt«, antwortete Anni. »Weil du sonst traurig bist. Schließlich hast du dir beim Backen so unendlich viel Mühe gegeben!«

Und die Melonenkaugummis wollte Anni gleich auf dem Heimweg am Kiosk kaufen.

»Uns beiden spendiere ich auch Melonenkaugummi. Zucker ist nämlich gut bei Aufregung!«, sagte sie.

Das fand ich prima.

Dann kam mir ein Gedanke: »Anni, wie viel Geld hast du denn dabei? Wir brauchen Hundefutter für Rupert.«

Anni hatte fünfzig Cent. Und ich fand in meinem Federmäppchen dreißig Cent. Also fragten wir den Kioskmann: »Hast du auch Hundefutter im Angebot? Für achtzig Cent?«

Der Kioskmann lachte. Er ist furchtbar nett.

»Nö!«, sagte er, »Ich habe nur Melonenkaugummi. Aber ich kann euch in einem dringenden Notfall etwas von Dragos Futter abgeben.«

Drago ist der Hund vom Kioskmann. Er liegt immer auf einer Decke hinter der Theke und schaut finster. Er ist groß mit braun-schwarzem raspelkurzem Fell. Seine Schnauze ist total verknautscht. Anni glaubt, dass Drago ein Kaninchen mit einem Happs verschlingen könnte.

»Wir nehmen das Angebot an«, sagte Anni. »Und kaufen noch vier Melonenkaugummis!«

Der Kioskmann verschwand durch eine Tür auf der Rückseite. Ich hörte es scheppern. Dann stellte er eine Monsterdose vor uns auf die Ablagefläche. Der Hund auf dem Dosenbild sah aus wie Drago.

»Das reicht locker!«, sagte Anni.

Der Kioskmann fragte: »Was für einen Hund müsst ihr denn füttern?«

Ich sagte: »Einen klitzekleinen. Er hat Durchfall, weil er mit mir Müsli gefrühstückt hat. Deshalb braucht er jetzt richtiges Hundefutter!«

Das fand der Kioskmann auch. Und er fand, dass zwei so tolle Hundebesitzerinnen unbedingt Melonenkaugummi geschenkt bekommen müssen.

Kauend liefen wir weiter. Rupert genoss die Aussicht

aus meiner Rocktasche. In einigem Abstand vor uns trottete Niklas den Bürgersteig entlang.

Plötzlich kam Lukas hinter einer Gartenmauer hervorgeschossen. Er schnappte sich Niklas' Schirmmütze und setzte sie sich selbst auf den Kopf.

»Hey!«, rief Niklas und versuchte, seine Kappe zurückzubekommen.

Aber Lukas lachte nur meckernd. Und rannte zurück hinter die Mauer und dort einen kleinen Fußweg entlang zu einem großen Haus mit vielen Stockwerken. Niklas schniefte, und als Anni und ich bei ihm ankamen, wischte er sich ein paar Tränen weg.

»War die Kappe neu?«, fragte ich.

»Ich habe sie erst zum Geburtstag von meiner Patentante bekommen«, sagte Niklas und schluckte. »Von der bekomme ich wenigstens mal coole Sachen!«

Stimmt. Die Schirmmütze hatte gar nicht zu seinen sonstigen Klamotten gepasst.

Anni sagte: »Das musst du gleich deiner Mama sagen. Damit sie bei Lukas' Mama anruft und Ärger macht.«

Niklas antwortete: »Meine Mama ist bei einer Fortbildung. Und meine Oma passt auf mich auf. Ich soll Oma auf keinen Fall in Aufregung versetzen, hat Mama gesagt.«

»Und dein Papa?«, fragte Anni.

»Kenne ich nicht«, sagte Niklas und wischte sich den Rotz mit seinem T-Shirt ab.

Ich guckte an dem großen Haus hoch: »Wohnt Lukas hier?«

Niklas nickte. »Ganz oben.«

Das war sehr weit oben.

»Und seine Eltern?«, fragte ich weiter. »Arbeiten die vielleicht den ganzen Tag?«

Niklas nickte. »Das ist ja das Schlimme. Lukas ist nur bis drei Uhr im Hort. Danach rennt er den ganzen Nachmittag im Viertel rum und macht, was er will. Am liebsten andere Kinder ärgern.«

»Pass auf«, sagte ich. »Wir helfen dir. Aber nicht heute. Und wahrscheinlich auch nicht morgen. Wir müssen erst jemand anderem helfen. Aber dann helfen wir *dir*, versprochen!«

Niklas guckte erstaunt. »Und wie wollt ihr mir denn helfen?«, fragte er.

Anni sagte: »Das wirst du schon sehen. Jetzt geh schön zu deiner Oma. Und wenn sie nach deiner Kappe fragt, dann hast du sie an deinen Freund verliehen. Übers Wochenende. Nächste Woche hast du sie bestimmt wieder!«

Niklas trottete davon. Aber er sah nicht mehr ganz so

traurig aus. Und Anni und ich mussten jetzt auch schnurstracks nach Hause.

Rupert schmeckte Dragos Dosenfutter. Es roch auch ganz lecker. Und es sah besser aus als Mamas Spinatauflauf. Den musste ich leider aufessen. Weil ich Mamas gute Laune nicht verderben durfte.

»Mama«, erklärte ich. »Heute schläft Anni bei mir!«

»Aha!«, sagte Mama. »Wunderbar! Wo sind eigentlich deine Pflanzen hin?«

»Bei Frau Wonnemeier«, antwortete ich. »Hier war es zu turbulent.«

Mama guckte traurig. Ich spülte den letzten Bissen ekeligen Spinatbrei mit ganz viel Apfelsaft runter. Bis Anni kommen würde, war es aber noch eine ganze Weile.

Also machte ich mir schon einmal Gedanken über Ruperts nächtlichen Transport.

Ich kramte in meiner Puppenkiste. Irgendwo musste da doch noch ein Puppentragegestell sein. Von meiner Babypuppe Hanne. Endlich zog ich es hervor. Doch als ich mir das pinke Teil vor den Bauch geschnallt hatte, merkte ich sofort, dass es viel zu groß für den winzig kleinen Rupert

war. Probehalber steckte ich ihn trotzdem hinein. Und der Hund flutschte zum Beinloch gleich wieder raus. Ich konnte ihn im letzten Moment auffangen.

»Das ist schon mal nichts!«, stellte ich fest.

Die Ideenmurmeln in meinem Kopf rollten hin und her. Endlich hatte ich eine prima Idee.

Unten im Hausflur standen leider Mama, Finn und Jonas.

Mama sagte: »Ich bringe kurz die Jungs weg.«

»Wohin denn?«, fragte ich und streichelte über Ruperts struppiges Fell in meiner Rocktasche. Er zappelte. Hoffentlich hatte er nicht wieder Durchfall.

»Wir gehen auf eine Übernachtungsparty bei Tom«, sagte Jonas und klemmte sich einen Schlafsack und sein Kopfkissen unter den Arm.

Das waren ja super Nachrichten. Die beiden waren für diese Nacht schon einmal aus dem Weg geräumt.

»Wo sind denn deine Pflänzchen hin?«, fragte Finn und starrte mich neugierig an.

»Weg!«, sagte ich.

Und da Mama drängelte, konnte mein Bruder nichts mehr fragen.

Als ich den Flur endlich für mich hatte, kniete ich mich vor die schmale Kommode. Rupert wuselte ins Wohnzimmer und verschwand durch die offene Terrassentür in den Garten.

»Pass auf mit Hilde!«, rief ich ihm hinterher.

Ich zog die unterste Schublade auf. Da drinnen lagern meine Eltern allerlei Krimskrams: Einkaufsbeutel, kleine Regenschirme, Schuhputzzeug und eine Schachtel mit Schlüsseln. Und auch Sachen, die man nur im Urlaub braucht. Wie Papas Bauchgurt. Den schnallt er sich im Urlaub immer um und steckt sein Geld rein. Und andere wichtige Sachen, die nicht verlorengehen dürfen. Der Gurt ist hautfarben, und vorne am Bauch ist eine kleine Tasche.

Dingdong!, klingelte es an der Tür.

Es war Anni. Sie fand den Bauchgurt auch super.

»Wo ist Rupert?«, fragte sie. »Wir stecken ihn gleich mal in das Ding.«

Anni pfiff laut, und Rupert kam sofort angeflitzt. Ich musste den Bauchgurt von Papas Bauchgröße auf meinen Bauch umstellen. Als er endlich festgezurrt war, steckte

Anni Rupert in die kleine Tasche vor meinem Bauch. Sie hatte genau die richtige Größe. Aber sobald ich den Reißverschluss zuzog, fiepte Rupert.

»Wenn ich die Tasche offen lasse, fällt er raus, sobald es hektisch wird«, sagte ich.

Anni kratzte sich am Bauch. »Dann müssen wir ihm ein Guckloch in die Tasche schneiden.«

Das war eine prima Idee. Und Rupert hörte sofort auf zu fiepen. Er streckte seinen Kopf durch das Loch und guckte zufrieden in die Runde.

»Ruperts Transport ist schon einmal gesichert«, stellte ich erleichtert fest. »Jetzt kümmern wir uns um die Zauberblumen!«

Erkundungsflug

Rupert wollte den Bauchgurt überhaupt nicht mehr verlassen. Damit es ihm nicht zu warm wurde, bohrten wir mit der Schere noch ein paar Löcher in das Täschchen. Jetzt war es der perfekte Tiertransporter. Wir machten uns auf den Weg in die Scheffelstraße.

Oma und Opa waren immer noch mit ihren Kirschen beschäftigt. Ungesehen huschten wir ins Haus. Als wir das Gästezimmer betraten, lachten uns wunderschöne Blüten an. Ludmillo war natürlich der Aller-, Allerschönste in seinem blauen Kleid. Die kleinen glockenförmigen Blüten der Flugblume leuchteten knall-orange. Und die Spinnenblume schillerte geheimnisvoll in Schwarz und Lila.

»Anni«, hauchte ich. »Wir können prachtvolle Zauberblumen züchten!«

Anni klatschte in die Hände. »Traumhaft!«

Ich streichelte noch etwas Ludmillos Behaarung. »Wir bringen die Blumen wieder zum Schuppen.«

Ich trug Ludmillo. Die Blüte wippte freundlich vor meiner Nase.

Am Schuppen tranken die drei Pflanzen Wasser. Anschließend stellten wir sie in die Sonne. Zum Auftanken sozusagen.

»Sollen wir schon einmal an der Spinnenpflanze riechen und von der Mauer aus die Lage erkunden?«, fragte Anni.

»Mhmmm!«, machte ich. Und schaute auf die Uhr. Wir hatten noch ewig Zeit bis zum Abendessen.

»Oder wir fliegen eine Runde über Herrn Bovists Garten«, sagte Anni. »Und spionieren ein bisschen. Vielleicht ist Gunnar mit unserem Zwerglein abgereist. Und wir müssen nach Neustadt.«

»Ohne das Zauberbuch und die Samen?«, fragte ich. »Das glaube ich nicht.«

»Stimmt«, sagte Anni. »Gunnar hockt bestimmt griesgrämig drüben im Häuschen. Und wartet auf uns!«

In meinem Kopf kullerten die Ideenmurmeln wie verrückt.

»He, Tilda!« Anni stupste mich an. »Träumst du?«

Eine Ideenmurmel hatte gerade gewonnen. »Wir riechen an der Flugblume *und* an Ludmillo. Und fliegen unsichtbar zu Lukas in den siebten Stock!«

Anni juchzte. »Ein Spionageflug!«

»Genau!«, sagte ich. »Für Herrn Bovist können wir gerade nichts tun. Ihn retten wir heute Nacht. Aber wir können schon einmal alles auskundschaften, was mit unserer Niklas-Hilfsaktion zu tun hat.«

»Super!« Anni klatschte in die Hände. »Unsichtbar fliegen! Da kann uns kein Mensch sehen! Wir können in die Fenster gucken. Und den Leuten auf die Köpfe spucken!« Meine Freundin lachte ihr dunkles Weihnachtsmannlachen. Dann schnappte sie sich Ludmillo.

»Warte mal!«, sagte ich. »Ich finde, wir brauchen ein Seil. Ich halte ein Ende und du das andere. Dann können wir uns nicht verlieren. So *unsichtbar!*«

»Auch gut«, antwortete Anni.

Ein dünnes, braunes Seil fanden wir in Opas Geräteschuppen. Ich musste es nur noch etwas mit der Rosenschere kürzen. Jetzt hielt Anni das eine Ende fest, ich das andere, und zwischen uns hing das Seil wie eine mittelgroße Klapperschlange.

»Perfekt«, stellte ich fest.

»Jetzt kann's aber auch losgehen«, sagte Anni.

Und da sie ihr rotes Kleid anhatte, stopfte sie sich auf

dem Rückweg zum Schuppen die Taschen mit Kirschen voll. Rupert hüpfte fröhlich im hohen Gras herum und schnappte nach Fliegen und Käfern.

»Ich muss noch kurz nach Tekla schauen«, sagte ich am Schuppen. Wir suchten und suchten. Und fanden ziemlich viele kleine Schnecken. Aber keine große Tekla.

»Jetzt können wir vor lauter Tekla gleich nicht mehr fliegen!«, stellte Anni irgendwann fest. Sie schnappte sich die Flugblume und steckte ihre Nase tief in eine der Blüten. Dann hielt sie mir den Blumentopf hin.

»Später suchen wir aber noch mal nach Tekla!« Ich roch an einer kleinen orangefarbenen Blüte. Wie beim Aufreißen einer Tüte Gummibärchen stieg mir der süße Duft in die Nase und in den ganzen Kopf.

»Blöd, dass wir die Blumen nicht mitnehmen können«, meinte ich vor dem Starten. »Für den Notfall!«

»Was soll schon passieren«, antwortete Anni. »Wir landen gar nicht erst. Und sind ruck, zuck wieder zurück am Schuppen.«

Jetzt steckten wir unsere Nasen tief in Ludmillos blaue Blüte.

Plöpp! Unsichtbar.

»Festhalten!«, rief ich dem unsichtbaren Rupert in seiner Bauchtasche zu.

Dann streckte ich die Arme aus und stieß mich vom Boden ab. Das Seil in meiner Hand ruckte. Und zerrte mich in einem Affentempo in die Höhe. »*Anni!*«, kreischte ich. »Nicht so schnell!«

»Ups!«, hörte ich Anni sagen.

Dann flogen wir über den Garten von Oma und Opa. Und was soll ich sagen: Von oben sah alles noch *viel* schöner aus! So viele Grüntöne. Und zwischen allem Grün leuchteten die Blumen rot, pink, gelb, blau, weiß und lila. Als ob jemand viele Farben über den Garten gespritzt hätte.

Wir flogen jetzt über das Haus meiner Großeltern und bogen in die Scheffelstraße ab. Unten auf dem Gehweg stand Tante Ilse mit ihrem Dackel Floh.

»Holladihooo!«, rief Anni.

Vor Schreck hätte ich mich fast an meinem Melonenkaugummi verschluckt. Auch Tante Ilse zuckte zusammen. Floh kläffte wild.

»Holladihooo!«, grölte Anni noch etwas lauter. Tante Ilse drehte sich im Kreis und guckte in alle Richtungen. Auch zu uns nach oben. Aber sehen konnte sie uns ja nicht.

Floh hüpfte bellend auf der Stelle.

Wouuu!, machte Rupert im Tiertransporter. Ein einziges Durcheinander.

Und genau in dem Moment regnete es Kirschen. Sie plöppten auf den Asphalt, auf Tante Ilse und auf den kleinen Floh.

»Aaah!«, machte Tante Ilse. Sie klemmte sich den kläffenden Dackel unter den Arm und flitzte durch ihr Gartentor auf die Haustür zu.

»Meine schönen Kirschen!«, sagte Anni jammernd. »Meine Taschen haben keine Verschlüsse!«

»Weiter jetzt!« Ich zerrte Anni am Seil hinter mir her.

Es ist sehr, sehr schwierig, die Arme wie Flügel auf und ab zu schlagen und gleichzeitig ein Seil festzuhalten. Vor allem, wenn am anderen Ende Anni zieht und ruckelt. Aber irgendwie schafften wir es trotzdem ohne nennenswerte Zwischenfälle bis zu Lukas' Hochhaus. Das ist mindestens so groß wie zwei ausgewachsene und übereinandergestellte Riesentannen. Echt und ungelogen!

Langsam flatterten wir an den einzelnen Stockwerken nach oben. Dabei linsten wir in die Fenster.

»Guck mal«, rief Anni, »Ein Himmelbett mit blauem Baldachin. Wie in einem Schloss!«

Da konnte ich nur staunen. Und im Schlafzimmer darüber lag sogar eine Frau im Bett und schlief. Vielleicht war sie ja krank?

Dann entdeckte ich auf einem schwarzen Ledersofa eine schneeweiße, wuschelige Katze. Schön sah das aus.

Höher und höher flatterten wir. Wenn ich nach unten guckte, wurde mir ganz schummrig im Kopf. Ich war mit meiner Familie mal auf einem riesigen Aussichtsturm. Oben auf der Plattform ist mir auch etwas schummrig geworden. Aber Papa hat meine Hand ganz, ganz fest gehalten, und ein Geländer gab es natürlich auch. Aber gut. Ich durfte jetzt einfach nicht mehr nach unten gucken.

»Wir sind gleich da«, sagte Anni keuchend. »Ganz schön anstrengend, das Geflatter!«

Jetzt waren wir im siebten Stock angekommen. Hier

musste irgendwo Lukas' Wohnung sein. Wir flatterten von Fenster zu Fenster. Vorbei an Schlafzimmern, Wohnzimmern und Küchen. Plötzlich guckten wir in die Augen eines wuscheligen, giftgrünen Monsters. Es saß auf der Fensterbank und glotzte uns an.

»Das ist das Zimmer von Monster-Lukas!«, rief Anni. »Ganz bestimmt!«

Das konnte ich mir auch sehr gut vorstellen. Aufgeregt schlug ich mit den Armen auf und ab, auf und ab. Eindeutig ein Kinderzimmer. Aber wirklich das von Lukas?

»Ha!«, kreischte Anni. »Schau mal, das Heft auf dem Schreibtisch. *Lukas Böhm 4b*! Wir sind richtig! Wir sind Superspürnasen!«

Tatsächlich! Auf dem Schreibtisch unter dem Fenster lagen die Hefte und Schulbücher kreuz und quer. Und die Beschriftung war sehr gut zu lesen. Trotz der Sauklaue.

»Anni«, rief ich flatternd, »die Aktion war ein voller Erfolg!«

»Und mir fallen gleich die Arme ab!«, sagte Anni ächzend.

Ich schaute mich um. »Zwei Fenster weiter kommt ein Balkon. Da können wir Pause machen.«

Anni stöhnte. Kurz meldete sich der Angstbär in meinem Bauch. Was, wenn Anni nicht mehr konnte? Und abstürzte? Ich zog meine Freundin am Seil hinter mir her bis zur Balkonbrüstung.

»Anni, noch ein kleines Stück höher flattern, über das Geländer. Dann hast du es geschafft«, feuerte ich sie an.

Endlich spürte ich Boden unter den Füßen. Rupert zappelte in seinem Hundetransporter. Also ließ ich ihn raus. Gut sichtbar flitzte er zu einer der Geländerstangen und hob sein Bein. Das Pipi tropfte in die Tiefe. Wieder wurde mir schummerig. Weil der klitzekleine Rupert direkt an der Balkonkante stand. Ein falscher Schritt, und er würde zwischen den Gitterstäben in die Tiefe stürzen!

»Ruuupert!«, sagte ich mit sehr, sehr lieber Stimme. »Komm zu Tilda!«

Und wirklich, der brave Zwergenhund wuselte auf meine Stimme zu, weg vom Todessturz. Ein schneller Griff, und Rupert steckte wieder in der Bauchtasche.

»Wie lange wir wohl schon unterwegs sind?«, fragte ich Anni. »Nicht, dass der Zauber gleich aufhört.«

»Dann sitzen wir gut sichtbar auf Lukas' Balkon fest«, sagte Anni, und ein Kirschkern flog in hohem Bogen über das Geländer. Es waren wohl doch nicht alle Kirschen auf Tante Ilse gerieselt.

»Ich schaue noch kurz, was hinter den Gardinen für ein Zimmer ist. Und dann verschwinden wir!«

Die hübschen, türkisschillernden Gardinen waren fast komplett zugezogen. Ich drückte meine Nase gegen die Scheibe. Wenn ich das eine Auge zukniff, konnte ich mit dem anderen genau durch den schmalen Schlitz gucken.

Und was soll ich sagen: Im selben Moment wurden die Vorhänge zur Seite gezogen, und ein riesiger, bärtiger Mann stand vor mir.

»Aaahhh!«, kreischte ich erschrocken und leider viel zu laut. Der Mann, der bestimmt Lukas' Papa war, runzelte die Stirn und drehte den Griff der Glastür.

»Flucht!«, zischte ich. Neben mir rumpelte einer der blauen Plastikstühle. Und mein armes Herz rumpelte mit. Aufgeregt wie ein Spatz flatterte ich mit meinen Armen. Auf und ab, auf und ab. Da wir im siebten und letzten Stock waren, gab es über dem Balkon nur den Himmel. Höher und höher stieg ich also und war endlich in Sicherheit. Der Riese stand unter mir auf dem Balkon und hob gerade unser schönes und gut sichtbares Seil auf.

Aber wo war Anni?

»Piep!«, machte ich. »Piep! Piep! Piep!«

»Piep!«, antwortete Anni. Sie konnte nicht weit weg sein. Ich flog in Richtung ihrer Stimme. Der Lukas-Papa stand am Balkongeländer und stierte suchend umher. Piepsend und schnell wie Raubvögel im Sturzflug entfern-

ten wir uns vom Balkon im siebten Stock. Und piepsend flogen wir wenig später auf Höhe der Straßenlaternen die breite Straße entlang, weg vom Lukas-Hochhaus. Unter uns fuhren Fahrräder und spazierten Leute auf dem Gehweg. Und keiner von ihnen wusste, dass über ihnen zwei Kinder und ein Hund durch die Luft segelten! Bei dem Gedanken wuselten fröhliche Ameisen durch meinen ganzen Flugkörper.

Gerade als wir in die Scheffelstraße einbogen, hörte ich hinter mir Annis aufgeregte Stimme: »Tilda! Ich kann dich *sehen!*«

Erschrocken schaute ich an mir runter. Ruperts Kopf guckte gut sichtbar aus der Bauchtasche, seine Ohren schlackerten im Wind.

Holprig landete ich auf dem Gehweg und schaute mich um. Die sichtbare Anni kam angerannt. »Da ist es doch mal gut, dass ich vorhin Tante Ilse und Floh zurück ins Haus getrieben habe!«, stellte sie zufrieden fest.

Ich war auch sehr zufrieden mit uns. »Unser Spionageflug war erfolgreich. Wir wissen jetzt, in welcher Wohnung Lukas wohnt. Und dass er im Monsterzimmer haust. Bald schlagen wir zu!«

Zurück am Schuppen kürzte Anni ihren meterlangen Zopf und warf ihn ins Gebüsch. Von Tekla gab es nicht die kleinste Schleimspur.

»Jetzt ist wieder Herrn Bovists Rettung dran«, sagte ich. »Wir gehen nach Hause und packen für heute Nacht.«

Anni nickte. »Den Korb mit den Blumen lassen wir aber hier. Ich habe keine Lust auf die Schlepperei. Und Oma und Opa sind bestimmt geschafft von ihrer Kirschernte. Die spazieren nicht mehr bis zum Schuppen.«

Ich nickte. »Nur Ludmillo muss mit. Wir brauchen ihn von Anfang an!«

Außerdem durfte Ludmillo nichts passieren. Er war die allerwichtigste Pflanze für Herrn Bovists Befreiung.

In meinem Zimmer kuschelte Rupert sich sofort zwischen meine Stofftiere. Und schnarchte.

Anni und ich zogen meine Gästematratze unter dem Bett hervor und machten sie mit vielen Kissen super gemütlich. Dann stibitzten wir schwarze Klamotten von Finn und Jonas und versteckten sie zwischen den Kleidern in meinem Schrank.

»Unsere Tarnung ist gesichert«, sagte Anni.

Zum Schluss holte ich meinen Rucksack.

»Ludmillo *und* die Flugblume passen aber nicht in deinen Rucksack«, stellte Anni fest. »Und die Flugblume muss auch mit. Für den Notfall.«

Ideenmurmeln kullerten durch meinen Kopf. »Wir nehmen meinen Schulranzen!«

Kurz steckte ich meine Nase in die Tasche und schnüffelte. Ruperts Stinkerei war so gut wie weggeblasen.

Ludmillo passte in den Ranzen. Und neben ihm war locker Platz für eine zweite Pflanze.

»Die Spinnenpflanze lassen wir für den Rückweg an der Mauer stehen«, erklärte ich.

Doof an meinem Schulranzen waren nur die knallbunten Pferde und die Leuchtstreifen. Die leuchteten auch im Dunkeln. Aber bei Mamas Gartensachen fanden wir einen riesigen schwarzen Müllsack. Der passte über den Ranzen. Perfekt. Wir waren vorbereitet. Die Nacht konnte kommen.

Das Abendessen dauerte ewig. Und Mama und Papa saßen *stundenlang* mit unserer Nachbarin Bärbel auf der Terrasse und redeten und redeten. Es war schon lange dunkel, als

Mama und Papa in ihr Bett krochen. Als endlich das ganze Haus schlief, atmete auch Anni sehr, sehr laut.

»Anni?«, flüstere ich und rüttelte an ihrer Schulter.

Anni grunzte.

»Anni!«, rief ich jetzt lauter.

Kurz packte mich die Angst. Was, wenn ich Anni nicht wach bekam? Musste ich etwa alleine mit Rupert losziehen, um Herrn Bovist zu retten?

Aber endlich bewegte Anni sich. Sie gähnte laut.

Ich flüsterte: »Wir müssen los.«

Da war Anni wieder topfit.

Wenig später steckten Anni und ich in unserer Tarnkleidung. Ich kürzte Annis Zopf auf Pinselgröße. Und stopfte meine hellen Locken unter Mamas schwarzes Tuch.

»Mit dem Turban siehst du aus wie eine Wüstenprinzessin!«, bemerkte Anni.

Rupert rollte sich in der Bauchtasche zusammen und schlief einfach weiter.

Papas Stirnlampe saß felsenfest auf meiner Stirn. Ludmillo leuchtete in ihrem Lichtstrahl blau wie die Kacheln im städtischen Schwimmbad. Ich nahm eine große Portion süßen Blumenduft.

Plöpp! Unsichtbar.

»Jetzt du«, wisperte ich.

Der Schulranzen knisterte und raschelte, als ich ihn mir auf den Rücken setzte. Unsichtbar verschwanden wir durch die Terrassentür in das dunkelste Dunkel.

Schlauer als der Fuchs

Bis zum Schuppen lief alles nach Plan. Ich hatte mich schon an das Herumschleichen in der Nacht gewöhnt. Heute wehte auch kein Wind, so dass die Büsche und Bäume friedlich zu schlafen schienen. Beim Schuppen sah ich im Strahl der Stirnlampe den kleinen Knox davonflitzen.

»Ich habe ein Leckerli für Knox vergessen«, stellte ich fest. Hoffentlich hungerte er nicht.

Die Flugblume passte wunderbar in den Schulranzen neben Ludmillo. Die Blumentöpfe ruckelten noch nicht einmal, als ich als Spinne über die hohe Mauer kletterte.

Von Rupert kam kein Ton. Wie ein Kängurubaby lag er in meinem Beutel. Schön fühlte sich das an.

Anni schaffte es, mit gebrochenem Arm und der Tüte

mit der Spinnenpflanze zwischen den Zähnen über die Mauer zu krabbeln. Dann stellten wir die Blume an der anderen Seite der Mauer ab. Ohne Tüte, damit sie Luft zum Atmen hatte.

»Unser Rückfahrschein«, bemerkte Anni.

Und dann mussten wir sehr, sehr vorsichtig und ganz, ganz leise sein. Wie Geister huschten wir durch den Dschungel. Annis Taschenlampenstrahl zeigte mir immer, wo sie steckte. Das war gut. So unsichtbar. An unserem großen Farn am Rande der Lichtung knipsten wir unsere Lampen aus. Stumm starrten wir zum Gewächshaus. Langsam gewöhnten sich meine Augen an die Finsternis. Nichts regte sich.

Ich flüsterte: »Die Lichtung wird vom Mond gut beleuchtet. Am besten, wir lassen die Taschenlampen aus.«

Man konnte ja nie wissen, wo der gruselige Gunnar sich herumtrieb.

Vorsichtig schlich ich los. Mit Rupert vor dem Bauch durfte ich nicht hinfallen.

»Aaahhh!«, machte Anni hinter mir. »Doofe Maulwürfe!«

Im Tannenwäldchen war es zappenduster. Endlich kamen wir am Hexenhäuschen an. Hinter der Hecke blieben wir stehen. Rabenschwarz stand das Haus vor uns.

Kein Licht brannte hinter den Fenstern. Rupert wurde unruhig.

Der Bär in meinem Bauch wachte auf und grummelte nervös.

Anni flüsterte: »Und jetzt?«

»Wir schleichen zur Hintertür«, antwortete ich. »Die ist hoffentlich nicht abgeschlossen. Wir suchen Herrn Bovist. Und holen das Adressbuch aus der Tischschublade. Mucksmäuschenstill müssen wir sein.«

»Alles klar«, antwortete Anni.

Mir fiel noch etwas ein. »Und wir essen *nichts*. Wirklich *überhaupt nichts*. Nicht den kleinsten Schokokrümel.«

Anni sagte: »Klar wie Klößchenbrühe.«

Wir schlichen los. Um das Hexenhaus herum, zur Hintertür. Wie Rupert spitzte ich die Ohren. Alles war still. Nur die Hintertür quietschte leicht, als ich sie vorsichtig aufzog. Wieder lauschte ich. Nichts. Jetzt brauchte ich meine Stirnlampe. Ich leuchtete die Küche aus. Und konnte mein Glück kaum fassen: Auf dem Küchentisch stand der große Kochtopf. Und darin lag der klitzekleine Zwergen-Bovist. Auf einem Küchenschwamm. Er steckte in einer Socke wie in einem Schlafsack. Nur der Kopf mit dem weißen Haarbüschel schaute oben raus.

Vorsichtig stupste ich gegen die Schwammmatratze.

»Uaaahhh!« Herr Bovist schreckte auf.

»Pscht!«, machte ich. »Wir retten dich!«

Herr Bovist hielt sich die Hand vor die Augen. Ich klappte die Stirnlampe nach oben. Der Lichtkegel strahlte gegen die Decke.

»Matilda? Annemarie?«, wisperte Herr Bovist. Er konnte uns ja nicht sehen. So unsichtbar.

»Und Rupert«, wisperte ich zurück. »Wir sind gekommen, um dich zu holen. Und das Adressbuch.«

»Phantastisch!«, flüsterte Herr Bovist. Er freute sich wie verrückt, das merkte ich genau.

Stöhnend krabbelte der Zwerg aus der Socke. Dann stieg er vom Schwamm.

»Mein armer Rücken«, jammerte er und streckte sich.

Plötzlich zischte Anni: *»Achtung!«*

Ich knipste die Stirnlampe aus. Wir standen im Dunkeln und lauschten.

Da waren eindeutig Schritte. Sie näherten sich der Küchentür. Ich drückte mich an die Küchenwand.

Wumm! Wumm! Wumm!, wummerte mein Herz.

Rupert zappelte und knurrte in seinem Bauchbeutel. Ich kraulte seinen struppigen Rücken.

Plötzlich öffnete sich die Küchentür. Die Deckenlampe blitzte auf. Kurz musste ich vor lauter Helligkeit die Augen zusammenkneifen. Als ich wieder gucken konnte, stand Gunnar in der Türöffnung. Er kratzte sich seinen gestreiften Schlafanzugbauch und blinzelte ins Licht. Ich staunte nicht schlecht: Gunnars Schädel glänzte nackt unter der Küchenlampe. Wie ein mit Öl poliertes Osterei. Das macht Mama gerne, damit die bunten Eier schön glänzen. Bei Gunnar sah das nicht so schön aus. Um die Glatze herum stand ein Streifen fuchsroter Haare in alle Richtungen ab.

Der glatzköpfige Gunnar schlurfte zum Suppentopf. Herr Bovist saß auf seiner Schwammmatratze und schaute grimmig.

»Konrad«, sagte Gunnar seufzend. »Was ist denn jetzt schon wieder? Ich brauche meinen Schlaf!«

Herr Bovists Gesicht lief knallrot an. Seine weißen Haare bauschten sich auf. »Was *los* ist, willst du wissen? Du hältst mich gefangen. In meinem eigenen Haus. In einem Suppentopf. Auf einem elenden Topfschwamm. In einer *Socke*!«

Wieder seufzte Gunnar. »Mein lieber Konrad. Sag mir einfach, wo du das Familienbuch und die Samen versteckst. Du hast sie mir versprochen. Sie stehen mir zu!«

Herr Bovist stapfte mit dem Fuß und rief: »Niemals!«

Jetzt zischte Gunnar wie ein Skorpion: »Dann musst du leider weiterhin im Suppentopf hausen.«

Er drehte sich um, knipste das Licht aus und schloss die Küchentür.

Ich atmete ganz langsam aus. Meine Beine zitterten.

»Hallo?«, wisperte Herr Bovist.

»Ich bin hier«, flüsterte ich zurück.

»Piep«, machte Anni aus der anderen Ecke der Küche.

Im Wohnzimmer rumorte Gunnar. Ich hörte ein Glas klirren.

Ich fragte sehr leise in die Dunkelheit hinein: »Was macht Gunnar da?«

Herr Bovist flüsterte: »Gunnar leidet unter Schlaflosigkeit. Wir haben ihn geweckt. Er schreckt nachts beim kleinsten Geräusch auf und kann anschließend nicht wie-

der einschlafen. Der ist jetzt bestimmt wieder Stunden wach. Wir müssen hier weg!«

»Und das Adressbuch?«, fragte ich. »Das brauchen wir doch, um jemanden aus dem Kreis anzurufen.«

Herr Bovist antwortete: »Das ist zu gefährlich. Wir müssen uns beeilen!«

Die Küchentür krachte gegen den Küchenschrank. Das Deckenlicht flammte auf. Gunnars roter Haarkranz züngelte wie Flammen um seinen Kopf. Er sah wirklich aus wie ein Fuchs. »Schluss jetzt!«, brüllte er. »Steig in deine Socke und gib Ruhe, Konrad. Sonst vergesse ich mich!«

Herr Bovist kletterte brav auf den Schwamm und schlüpfte in den Strumpf.

Er reckte sein Kinn und sagte: »Es dürstet mich nach Wasser. Meine Kehle ist schon halb vertrocknet. Willst du mich leiden lassen, Gunnar?«

»Nein, nein«, sagte Gunnar und wuselte zum Waschbecken. »Du zerrst einfach nur an meinen Nerven, Konrad!«

Der nervöse Fuchs ließ Leitungswasser in einen Fingerhut laufen. Herr Bovist trank gierig.

»Noch mal?«, fragte Gunnar.

Herr Bovist schüttelte den Kopf: »Jetzt möchte ich schlafen. Ein alter Mann braucht Ruhe.«

Er verschwand in seiner Socke. Nur das Haarbüschel schaute noch heraus.

Gunnar streichelte seinen Glatzkopf. »Sobald das Vögelchen zwitschert, kann es den Käfig verlassen.«

»Träum weiter«, kam es aus der Socke.

Da sackte Gunnar in sich zusammen. Als sehr, sehr müder Fuchs schlich er aus der Küche. Das Licht ging aus, und die Küchentür schloss sich.

Ich hörte Herrn Bovists Flüsterstimmchen: »Habe ich es nicht gesagt? Gunnar ist auf der Hut. Er wartet auf euch. Unmöglich, *jetzt* das Adressbuch zu holen.«

Ich sagte: »Gut. Dann Flucht. Hauptsache, wir haben dich wieder, Herr Bovist!«

Im Schein meiner Stirnlampe zog ich Herrn Bovist aus der Socke und setzte ihn auf meinen Turban.

Ich erklärte mit Flüsterstimme: »Du musst dich in eine Stofffalte setzen und gut festhalten. So ist Anni auch schon als Zwerg gereist. Das hat prima geklappt. Stimmt's, Anni?«

»Besser geht es nicht«, wisperte Anni.

Mein Turban ruckelte.

»Ich bin bereit«, verkündete Herr Bovist.

Annis Lichtkegel blendete mich. »Und du bist unsichtbar, Herr Bovist!«, sagte sie.

Leise, leise schob ich die Hintertür auf, und wir tauchten in die finstere Nacht ein.

Zum Glück gab es keine weiteren Zwischenfälle. Wie Indianer schlichen wir durch das Tannenwäldchen, schafften es, ohne zu stolpern, über die Lichtung mit den Maulwurfhügeln und verschwanden im dichten Dschungel. Wir waren in Sicherheit.

An der Mauer setzte ich die beiden Zwerge auf den Boden. Sofort waren beide wieder sichtbar. Rupert kläffte und sprang wie wild an Herrn Bovist hoch.

»Ruuupert!«, rief der alte Mann und lachte und lachte.

Bis Anni rief: »Potz Blitz! Schaut euch die Spinnenpflanze an!«

Entsetzt versammelten wir uns um den Blumentopf, den wir an der Mauer zurückgelassen hatten. Der Stiel war nur noch zur Hälfte da. Die große schwarz-lila Blüte und die dicken Blätter fehlten komplett.

Herr Bovist sagte: »Abgeknabbert. Diese verflixten Mäuse!«

»Also, Knox kann es nicht gewesen sein!«, rief ich. »Wie sollte er über die Mauer kommen?«

Anni leuchtete mit ihrer Taschenlampe die Mauer ab: »Vielleicht hat er einen Tunnel. Oder es war ein Hase.«

»Ist ja eigentlich auch egal«, bemerkte ich. »Aber wie kommen wir jetzt über die Mauer? So ohne Spinnenzauber?«

»Fliegen«, sagte Anni und klatschte in die Hände.

Herr Bovist rief: »Gute Güte! Denkt an meine Übelkeit!«

In meinem Kopf rollten die Ideenmurmeln. Anni kratzte sich am Bauch. Rupert pinkelte an den Blumentopf.

Herr Bovist sagte schließlich: »Wir nehmen das Tor. Unsichtbar kann uns nichts passieren. Selbst wenn Gunnar uns hören sollte.«

Ich hätte fliegen besser gefunden. Direkt nach Hause. Meine Beine fühlten sich schlapp an. Andererseits: Wo sollte ich Herrn Bovist beim Fliegen hintun? Aus dem Turban konnte er rauspurzeln, das war viel zu gefährlich. Und wenn ich ihn in den Schulranzen steckte, kötzelte er womöglich alles voll. Erst Ruperts Durchfall, dann Herrn Bovists Gekötzel. Irgendwann würde Mama was riechen.

»Also gut«, sagte ich deshalb.

Im Schein meiner Stirnlampe sah ich eine kleine Maus in Schlangenlinien die Mauer hoch flitzten. Knox? Hatte er vor lauter Hunger die Blume verputzt? Ich sagte lieber nichts. Und schleppte den knisternden Schulranzen mit den Zauberblumen, den Turban mit Herrn Bovist und Rupert in seinem Bauchgurt wieder die ganze Strecke zurück: über die Maulwurfhügel, durch den Tannenwald und am Hexenhaus vorbei. Gunnar lief im hell erleuchteten Wohnzimmer auf und ab.

Herr Bovist hüpfte auf meinem Kopf auf und ab und wisperte: »Er hat noch nichts von meiner Flucht bemerkt.«

Mein Turban rutschte mir über die Augen.

»Du musst stillhalten, Herr Bovist«, wisperte ich zurück. »Wenn du so zappelst, stürzt du noch mit dem Turban ab.«

»Entschuldige bitte«, flüsterte Herr Bovist und hielt ganz still.

Wir schlichen wie Indianer über die Auffahrt davon. Damit der Kies nicht unter unseren Füßen knirschte. Endlich standen wir am großen Eisentor.

»Da rechts ist ein Kasten mit dem Türöffner. Ihr müsst ihn drücken«, rief Herr Bovist von oben.

Knarzend und quietschend öffnete sich das Tor wie das riesige Maul eines Drachen. Ich leuchtete mit der Stirnlampe auf die Straße. Alles war ruhig. Doch dann hörte ich Geräusche vom Hexenhaus her. Und knirschenden Kies.

»Schnell!«, rief Herr Bovist mit hohem Stimmchen. »Du musst noch einmal auf den Knopf drücken. Und dann durch das Tor rennen.«

Als ich auf der Straße stand, konnte ich durch den kleiner werdenden Spalt sehen, wie ein schlafanzuggestreifter Gunnar mit Taschenlampe die Auffahrt hochpreschte.

»Flucht!«, rief Herr Bovist von oben.

»Flucht!«, rief Anni von der Seite.

Ich rannte los wie ein Gepard auf der Jagd. Die Scheffelstraße runter. Omas Haus war pechschwarz. Schon bog ich in unsere kleine Straße ab und flitzte die Reihenhäuser entlang. Herr Bovist stöhnte. Auf unserer Terrasse blieb ich keuchend stehen.

»Kind, lass mich bitte runter«, piepste das zittrige Zwergenstimmchen.

Wo blieb Anni nur? Endlich raschelte es im Gebüsch. Und die sichtbare Anni stand im Schein meiner Stirnlampe vor uns.

»Seitenstechen!«, sagte Anni japsend.

Und dann freuten wir uns alle wie verrückt, dass wir den listigen Gunnar besiegt hatten.

»Na ja«, sagte Herr Bovist. »Richtig besiegt haben wir Gunnar erst, wenn er von meinem Grundstück ver-

schwunden ist. Und er vom Kreis eine gerechte Strafe erhält.«

»Morgen schnappen wir uns Gunnar«, rief ich. »Wir brauchen einfach wieder einen genialen Plan. Und dann hat es sich ausgefuchst.«

Jetzt waren wir aber erst einmal hundemüde. Herr Bovist freute sich sehr über sein Puppenbett im Puppenhaus. Und da der gelbe Flauscheteppich in der Schulmülltonne lag, durfte Rupert sogar zu Herrn Bovist ins Bett steigen.

»Regeln sind da, um gebrochen zu werden«, sagte Herr Bovist und gähnte.

Anni plumpste auf die Gästematratze. »Ich muss jetzt gaaanz dringend schlafen.«

»Gute Nacht«, flüsterte ich.

Keiner antwortete. Alles schlief.

Die Fuchsfalle

Samstag, 14. Juni

Ludmillo und die Flugpflanze sehen prächtig aus. Ludmillos langer Stiel wird immer behaarter. Als ob er auch Gunnars Schokodrops gegessen hätte. Seine blauen Blütenblätter leuchten in der Sonne. Die kleinen Antennen in der Blütenmitte recken sich zum Fenster, bestimmt tanken sie die Sonnenstrahlen.

Die Flugpflanze hat ihre orangefarbenen Blüten komplett geöffnet. Wie kleine Zwergenhüte hängen sie an ihren dünnen Stängeln.

Die Spinnenpflanze ist leider tot. Ich fürchte, sie wurde von Knox aufgefuttert.

Die Kängurupflanze steht einsam und verlassen im Gewächshaus.

An diesem Samstagmorgen wurde ich durch helles Hundegekläff geweckt. Ich bewegte vorsichtig meinen Kopf. Er fühlte sich sehr, sehr schwer an. Vom Puppenhaus kamen Geräusche. Herr Bovist! Rupert! Schnell hopste ich aus dem Bett und klappte das Puppenhaus auf.

»Guten Morgen«, rief Herr Bovist fröhlich. Er trug seinen Blumenpullover, das Haar lag ordentlich am Kopf an. »Rupert hat Hunger. Und müsste in den Garten, um sich zu erleichtern.«

Anni richtete sich auf und gähnte laut. Ihre Haare bedeckten das ganze Kopfkissen.

»Ich bringe schnell Rupert in den Garten und schaue, wo Mama und Papa stecken«, erklärte ich Anni.

Herr Bovist bemerkte: »Auch ich müsste ins Gebüsch.«

Im Erdgeschoss war alles ruhig. Auch der Garten lag verlassen da. Während Rupert und Herr Bovist im Bambus steckten, guckte ich ins Küchenfenster. Der Tisch war schön gedeckt, und ein Zettel lag auf einem der Teller. Die Zwerge waren noch nicht wieder aufgetaucht. Also lief ich in die Küche und las Mamas Nachricht:

Liebe Mädchen,
Papa und ich machen eine kleine
Wanderung und sind gegen Mittag

wieder da. Frühstückt ordentlich und hinterlasst uns eine Nachricht, falls ihr das Haus verlasst.
Kuss, Mama

Fabelhaft! So konnte niemand den kleinen Herrn Bovist entdecken. Da hatte ich eine Idee. Aus der Puppenhausküche holte ich schnell den Tisch, einen Stuhl, zwei Teller, eine Tasse und Besteck. Und weil ich schon mal im zweiten Stock war, spähte ich noch kurz in Lenis Zimmer. Sie schlief tief und fest.

Wenig später nahm Herr Bovist an seiner hübsch gedeckten Tafel mitten auf dem großen Küchentisch Platz.

Rupert bekam eine Portion Dragofutter. Und Herr Bovist freute sich über Mamas Kaffeereste, die ich ihm in seine klitzekleine Tasse kippte.

»Fast noch warm«, stellte Herr Bovist fest und biss in sein haselnusskleines Honigbrot.

Eine Zeitlang aßen wir schweigend. Nach der aufregenden Nacht hatten alle ganz schön Appetit.

»Heute schnappen wir Gunnar!«, verkündete ich, als ich satt war.

Herr Bovist setzte die Kaffeetasse ab. »O ja. Heute geht es diesem Gauner an den Kragen.«

Anni rief mit vollem Mund: »Unsere Rache wird fürchterlich sein!«

»Na, na«, sagte Herr Bovist. »Erst einmal müssen wir Gunnar überlisten. Wie ihr schon festgestellt habt, ist dieser Mann ein schlauer Fuchs. Und da er sein Ziel noch nicht erreicht hat, wird er die Samen und das Zauberbuch nicht kampflos aufgeben. Unser Vorteil ist, dass er immer noch nicht weiß, wer ihr seid und wo er euch findet.«

Ich überlegte. »Wir schlagen ihn mit seinen eigenen Tricks. Wir flößen Gunnar von den Zwergentröpfchen ein. Und dann ab in den Vogelkäfig mit ihm. Der liegt noch irgendwo beim Schuppen.«

»Die Idee ist super!«, sagte Anni. »Aber wie bekommen wir die Zwergentröpfchen in Gunnar rein?«

Herr Bovist meinte: »Ich habe Samen für eine Blume, deren Zauberkraft einen unglaublich stark macht. Aber leider müssten wir mindestens zwei Tage warten, bis sie nach dem Einpflanzen ihre volle Größe erreicht hätte und die Blüte sich öffnen würde.«

»Wenn wir so lange warten, schnappt Gunnar uns zuerst«, antwortete ich. »Und er ist viel größer und stärker als wir. Denkt an das Löwenfutter.«

Anni und Herr Bovist schüttelten sich.

Schließlich sagte Herr Bovist: »Unsere Chance ist der

Unsichtbarkeitszauber. Wir können versuchen, dem schlafenden Gunnar etwas einzuträufeln. Er schnarcht fürchterlich, mit offenem Mund. Oder wir geben ein paar Tropfen in sein Getränk. Bei der Hitze trinkt er viel und merkt nichts von dem Zauber.«

Die Idee war prima.

Ich sagte zu Anni: »Du musst heute Nacht noch einmal hier schlafen. Sobald es dunkel ist, beginnt die Fuchsjagd!«

Herr Bovist seufzte. »Ich denke, wir sollten bei Tageslicht in meinen Garten steigen und Gunnar überwältigen. Ich bin hier der Erwachsene und trage die Verantwortung. Ihr seid Kinder und rennt in der Nacht durch die Gegend. Das ist gefährlich. Rupert und ich können euch im Moment schlecht beschützen.«

Anni kratzte sich am Bauch. Ihr offenes Haar wallte über die Küchenbank und den Boden.

»Du hast recht, Herr Bovist«, sagte ich. »Erstens ist Samstag, und wir haben heute den ganzen Tag Zeit. Zweitens ist Gunnar auch nachts gefährlich, weil er beim kleinsten Geräusch aufwacht. Und drittens sehen wir am Tag einfach besser.«

»Und viertens glaube ich nicht, dass Mama mich zweimal hintereinander bei euch übernachten lässt!«, sagte Anni.

»Dann lasst uns verschwinden!«, sagte ich. »Bevor Mama, Papa oder Leni hier auftauchen. Die halten uns nur auf.«

Wir packten Ludmillo und die Flugpflanze in den Schulranzen und Rupert in die Bauchtasche.

Plötzlich stand die verschlafene Leni in meiner Zimmertür. Sie hielt einen langen schwarzen Zopf in die Höhe. Wie ein Pendel schwang er hin und her, hin und her. »Den habe ich aus dem Badmülleimer gefischt«, bemerkte sie. »Voll krass!«

»Den habe ich schon gesucht!«, rief Anni und grapschte nach dem Zopf.

»Aha«, sagte Leni. »Und für was brauchst du den? Bei deinem Prachthaar?«

Annis Haare reichten ihr gerade wieder bis zum Po.

»Der ist von Fasching«, erklärte Anni. »Als Pocahontas brauche ich immer zwei dicke Zöpfe, ist ja klar!«

»Aha!« Leni kratzte sich an einem besonders dicken Pickel. Und schlurfte zurück in ihr Zimmer.

»Du kannst nicht einfach überall deine abgeschnittenen Zöpfe hinwerfen«, zischte ich Anni zu.

»Überall ist gut«, antwortete Anni. »Der lag in der Mülltonne.«

Ich war nur froh, dass Leni den Zopf gefunden hatte. Und nicht Mama.

»Jetzt beeilen wir uns lieber«, sagte ich.

Geschwind wie der Wind huschten wir aus dem Haus.

❋

Opa wollte an diesem Samstag keine Kirschen ernten. Er saß mit Oma auf der Terrasse.

»Warum trägst du einen Anzug?«, fragte ich ihn. »Und Oma ihr schickes Kleid?«

»Mein Freund Karl hat doch heute seine große Geburtstagsfeier. Wir brechen gleich auf«, erklärte Opa.

Der Tag wurde immer besser. Auch Oma und Opa konnten uns nicht in die Quere kommen.

»Und warum trägst du am Samstag deinen Schulranzen spazieren?«, fragte Opa.

Anni antwortete: »Da passen so viele Kirschen rein.«

Opa nickte. »Einen Augenblick noch!«

Er stand auf, und plötzlich baumelte ein langer schwarzer Zopf an seinem ausgestreckten Arm. »Den habe ich im Gebüsch gefunden«, erklärte er.

Alle guckten auf Annis Hinterkopf.

»Meiner ist noch dran!«, rief Anni und hielt ihren Zopf in die Höhe.

»Tzzz!«, machte Opa und betrachtete den Zopf in seiner Hand.

»Tschüss!«, riefen Anni und ich. Und galoppierten hurtig über die Wiese davon.

Am Schuppen begrüßte uns Tekla. Sie hing an der Schuppenwand und stierte uns mit ihren Stielaugen freundlich an. Da war ich schon einmal erleichtert. Trotzdem zog ich eine Rolle mit pinkem Klebestreifen aus der Hosentasche. Und klebte der Schnecke ein großes Stück auf ihr Häuschen. Jetzt leuchtete sie wie die pinken Rosen von Opa.

»So finden wir dich schneller!«, erklärte ich Tekla. »Schließlich sollst du noch einmal umziehen. In den schönsten Garten der Welt!«

Dann zog ich den Vogelkäfig aus dem Gebüsch. Mit einem Stein bog Anni die beiden verbogenen Gitterstäbe wieder gerade. Ich hatte mir von Papa eine riesige und ultra-scharfe Zange geliehen. Damit knackte ich das Vorhängeschloss.

»Fast wie neu«, sagte Anni und hängte sich den Käfiggriff über den gesunden Arm. Dann steckten Anni und ich unsere Nasen tief zwischen Ludmillos hellblaue Blütenblättchen. *Plöpp!* Wir waren auf der Stelle verschwunden.

»Phantastisch!«, rief Herr Bovist. »Auf die Pflanzen ist Verlass!«

Und auch der Schulranzen mit den Blumen wurde sofort unsichtbar, als ich ihn mir auf den Rücken setzte.

Mit der Leiter kletterten wir über die Mauer.

»Wartet mal kurz«, raunte ich auf der anderen Seite.

Mucksmäuschenstill standen wir im Dschungel und lauschten. Vogelgezwitscher und Mäuserascheln. Sonst nichts.

»Also los«, sagte Anni.

Leise, leise schlichen wir durch das dichte Gestrüpp. Aber ganz ohne Geräusche ging es nicht: Äste knacksten unter unseren Füßen. Blätter raschelten bei jedem Schritt. Wenigstens wusste ich so immer, wo Anni war.

Hinter unserem großen Farn an der Lichtung blieben wir stehen. Verlassen lag das Gewächshaus vor uns.

»Weiter!«, zischte Herr Bovist auf meinem Arm.

Vorsichtig umrundete ich die Maulwurfshügel und tauchte in das Tannenwäldchen ein.

»Piep!«, machte ich.

»Piep!«, antwortete Anni.

»Pscht!«, machte Herr Bovist.

So gelangten wir bis zur Hecke, die die Hexenhauslichtung einrahmt. Wieder spitzte ich die Ohren, und meine Adleraugen suchten das Haus und die Lichtung ab. Kein Gunnar weit und breit.

Herr Bovist flüsterte: »Gunnar ist hier! Ich spüre es!«

Und ich spürte die Gänsehaut, die im Eiltempo von meinem großen Zeh zu meiner Kopfhaut wanderte.

»Wir schleichen schnurstracks zu meinem Adressbuch«, raunte Herr Bovist. »Das ist jetzt das Wichtigste. Seht euch vor. Gunnar liegt auf der Lauer!«

Ich flüsterte zurück: »Wenn jemand Gunnar entdeckt, macht er leise *Miau*. Dann wissen die anderen, was Sache ist. Und Gunnar bekommt hoffentlich nichts mit.«

Ich trat hinter der Hecke hervor. Die Sonne knallte wie verrückt. Flink wie ein Wiesel wuselte ich um das Hexenhaus. Die Hintertür stand offen. Wieder blieb ich stehen und lauschte. Nichts. Wo Anni wohl steckte? Ich traute mich nicht, *Piep* zu machen. Also schlich ich weiter.

Die Küche war leer. Der Suppentopf stand auf dem Tisch. Und daneben lagen auf einem geblümten Teller wunderschöne Bonbons. Jedes Bonbon hatte eine andere Farbe. Und jedes Bonbon hatte rundherum eine dicke Zuckerschicht. Alle Spucke sammelte sich auf meiner Zunge zu einem See.

»Finger weg!«, zischte Herr Bovist.

Ich zuckte zusammen. Wo war Anni? Sie durfte sich auf keinen Fall ein Bonbon in den Mund schieben. Ich legte meine unsichtbare freie Hand über den Teller. Und schielte ins Wohnzimmer. Da war kein Gunnar.

»Anni!«, flüsterte ich deshalb fast lautlos.

»Piep!«, machte Anni.

»Du darfst auf keinen Fall ein Bonbon nehmen!«, raunte ich in ihre Richtung.

Sie flüsterte zurück: »Ich bin doch nicht blöd!«

Erleichtert nahm ich die Hand vom Teller. Und huschte ins Wohnzimmer. Vorsichtig zog ich am runden Tisch die Schublade auf. Sie quietschte. Herr Bovist stöhnte. In der Schublade lagen viele Papiere. Und Hefte. Und Stifte. Und eine Gartenschere.

»Ein gelbes Büchlein«, flüsterte Herr Bovist. »Es steht *Adressen* drauf.«

Endlich hielt ich es in der Hand. Es passte genau in die Popotasche meiner Shorts.

Ich zischte in den leeren Raum hinein: »Und jetzt beginnt die Fuchsjagd!«

»Jawohl!«, antwortete Anni etwas zu laut.

In der Küche steckte ich ein paar von Ruperts Stinkereien in die Hosentasche. Als Leckerli für zwischendurch. Der kleine Hund wachte von dem Gestank leider sofort auf. Er zappelte und sabberte in der Bauchtasche herum.

»Pscht!«, machte ich und steckte ihm schnell einen kleinen Brocken in sein Mausemaul.

An der Hintertür blieb ich stehen und schaute mich um. Anni rempelte von hinten in meinen Schulranzen.

»Entschuldigung, ich habe dich nicht gesehen!«, flüsterte Anni.

»Die Tür meines Arbeitshäuschens steht offen!«, wisperte Herr Bovist.

Ich flüsterte zurück: »Wir hatten sie abgeschlossen. Und der Schlüssel steckt im Schulranzen!«

Langsam pirschten wir uns an das kleine Häuschen an.

Wumm! Wumm! Wumm!, galoppierte mein Herz.

Ganz vorsichtig näherte ich mich der Tür. Anni atmete in meinen Nacken. Zuerst linste mein rechtes Auge um die Ecke des Türpfostens.

»Oooh!«, machte mein Mund.

»Gute Güte!«, flüsterte Herr Bovist.

Ein Bücherberg türmte sich auf dem Boden des klitzekleinen Arbeitszimmers. Die hohen Bücherregale standen schief und leer entlang der Wand. Und auf dem Boden im Labor stapelten sich die kleinen Schubladen des Samenschrankes fast bis zum Fenster.

Anni raunte: »Da hat aber einer gründlich gesucht. Und nichts gefunden!«

Herr Bovist zischte: »Schaut euch die Tür an. Mit roher Gewalt wurde sie aufgebrochen. Die bekomme ich nicht mehr repariert!«

»Darum kümmern wir uns später«, sagte ich mit Flüsterstimme. »Erst fangen wir Gunnar.«

Ich tastete nach dem kleinen Fläschchen in meiner Hosentasche. Der Korken steckte fest auf dem dünnen Flaschenhals. Die Zwergentropfen waren so ziemlich unsere einzige Chance, den großen Gunnar zu überrumpeln.

Mit vereinten Kräften

Rupert zappelte wie verrückt in der Bauchtasche. Und fiepte.

Schnell setzte ich den kleinen Hund ins Gras vor dem Arbeitshäuschen.

Herr Bovist schimpfte immer noch mit Flüsterstimme: »Und seine Sachen hat Gunnar auch schon hier verteilt.« Er hielt den Zipfel eines braunen Pullovers in die Höhe.

Da kam mir ein richtig guter Gedankenblitz. Schnell zog ich einen Stinkebrocken aus der Hosentasche. Mit dem Daumen zerquetschte ich ihn in viele kleine Leckerlis.

»Rupert«, rief ich so leise wie möglich.

Sofort kam Zwergen-Rupert angewuselt. Er bekam eine kleine Stinkerei. Der Hund schmatzte.

»So, Rupert«, sagte ich und hielt ihm Gunnars Pullover

vor die kleine Schnauze. »Wir brauchen deine Hilfe. Als Suchhund. Wir sind auf der Fuchsjagd. *Such Gunnar!*«

Rupert gähnte.

»Rupert! Such Gunnar!«, flötete Anni mit Engelsstimme.

Rupert leckte sich sein Fell.

»Rupert!«, sagte Herr Bovist sehr bestimmt und etwas zu laut. *»Suchmaschine!«*

Jetzt spitzte Rupert die Ohren. Dann schnüffelte er an Gunnars Pulli. Er senkte seine kleine zuckende Nase auf den Boden. Aufgeregt drehte er sich im Kreis.

»Suchmaschine!«, rief Herr Bovist begeistert.

Und Rupert galoppierte los. Den Kopf gesenkt, den Schwanz steil in die Höhe gereckt. Und ich hinterher.

»Oaaah!«, machte Herr Bovist auf meinem Arm.

Ich durfte Rupert nicht verlieren. Der flitzte gerade die Auffahrt hoch. Im Gestrüpp auf der anderen Seite tauchte er ein.

»Langsam!«, rief Herr Bovist, »Vorsicht ist geboten!«

Ich blieb stehen. Hinter mir preschte Anni heran.

»*Piep!*«, machte ich leise.

»*Piep!*«, sagte Anni schnaufend.

Von Rupert sah und hörte ich nichts.

Vorsichtig bog ich die ersten Äste auseinander. Wie ein Tiger auf der Jagd schlängelte ich mich auf Samtpfoten durch das Gebüsch. Anni war kein Tiger. Eher ein Nashorn.

Plötzlich sah ich Gunnar.

Besser gesagt, sah ich zwei lange Beine. Und als ich meinen Kopf reckte, sah ich den ganzen Gunnar.

»*Miau!*«, machte ich. Das Nashorn war auf der Stelle mucksmäuschenstill. Dafür machte Gunnar Krach. Er schnarchte. Schlimmer als Papa. Gunnar lehnte mit Kopf und Schultern an einem Baumstamm. Die Beine hatte er weit von sich gestreckt. Neben ihm auf einem Mooskissen lagen ein Fernglas und ein angebissenes Käsebrot. An dem knabberte gerade Rupert.

Mein Herz polterte gegen die Rippen. Der Bär in meinem Bauch schlug Saltos. Und in meinem Kopf ratterte es.

Aber dann gab ich mir einen Ruck. Wir hatten nicht viel Zeit.

»Ich muss dich mal kurz absetzen«, wisperte ich in Rich-

tung Herrn Bovist. Vorsichtig stellte ich ihn neben einem Baumstamm ab. Gut sichtbar kauerte der Zwerg sich in das flauschige Moos. Dann tastete ich nach der kleinen Flasche und zog sie heraus. Sehr, sehr leise schlich ich auf den schlafenden Fuchs zu. Das Moos unter meinen Füßen verschluckte jeden Schritt. Jetzt stand ich direkt neben Gunnar. Sein Kopf war nach hinten gebeugt, sein Mund stand offen, und sein Ziegenbärtchen flatterte bei jedem Schnarcher auf und ab. Ich trat noch einen Schritt näher und tastete mit meiner freien Hand nach dem Korken. Der saß ziemlich fest.

Plopp!

»Chchchchch!« Gunnar schmatzte mit den Lippen.

Blitzschnell schnellte meine unsichtbare Hand über Gunnars schnarchenden Schlund. Ein Tröpfchen Zwergenzauber tauchte aus dem Nichts auf. Unendlich langsam schwebte es auf Gunnars geöffnete Lippen zu. Genau in diesem Moment schmatzte Gunnar wieder. Der Tropfen landete auf seiner Unterlippe und perlte ab. Als dünnes Rinnsal verschwand er im roten Bart. Gunnar schlug die Augen auf. Blitzschnell kippte ich gleich mehrere Tropfen in sein Gesicht. Leider landeten *alle* im Bart. Gunnars Kopf fuhr nach oben.

Plötzlich schallte ein furchtbares Gebrüll durch die Luft.

Gunnar wurde gegen den Stamm geschleudert. Er ruderte mit den Armen. Seine Beine zuckten.

»Los jetzt, Tilda!«, kreischte Anni.

Und da *sah* ich Anni. Gut sichtbar hockte sie auf Gunnars Hals wie auf einem Pferd. Komische Gurgelgeräusche kamen aus seinem weit geöffneten Mund. Auch meine Hand mit dem Fläschchen war jetzt wieder zu sehen. Ich steckte Gunnar den Flaschenhals tief in den Rachen. Und ich rüttelte die kleine Flasche, dass es nur so spritzte.

Urplötzlich war es vorbei. Auf dem Moos, direkt zwischen Annis Knien, lag ein klitzekleiner Gunnar. Nicht größer als der Tannenzapfen neben ihm.

Ich atmete ganz langsam aus. Die kleine Flasche zitterte in meiner Hand. Gunnar richtete sich auf. Er starrte sein Käsebrot an. Hoch ragte es neben ihm auf. Dann hüpfte er wie ein Floh in die Höhe, taumelte kurz, drehte sich einmal um sich selbst und rannte los.

»Schnappt ihn euch!«, rief Herr Bovist.

»*Halt!*«, rief ich und packte den Zwergenfuchs. »Anni, den Vogelkäfig! Schnell!«

Gunnar zappelte und brüllte: »Lass mich runter!«

Plötzlich zuckte ein fieser Schmerz durch meinen Zeigefinger. Vor Schreck ließ ich den Zwerg fallen.

»Aaah!«, schrie ich. »Der hat mich gebissen!«

Fuchsschnell flitzte Gunnar wieder los, in Richtung der dicht wuchernden Büsche und Bäume. Doch Anni war schneller.

»Hab ich dich!«

Kopfüber baumelte Gunnar über dem Waldboden. Anni hielt ihn an einem Bein fest.

»So ein bissiges Füchschen muss ich auf Abstand halten«, erklärte sie und trug Gunnar kopfüber zum Käfig.

Unsanft landete Zwergen-Gunnar auf dem Käfigboden, und die Tür schlug zu.

Mein Finger pochte. Ich steckte mir den blutigen Zahnabdruck in den Mund. Hoffentlich hatte Gunnar sich die Zähne geputzt.

»*Kinder!*«, juchzte Herr Bovist. »Es ist vollbracht!«

Jetzt standen sich zwei Zwerge an den Gitterstäben gegenüber: Der eine grimmig, der andere mit stolzgeschwelltem weißem Haarkamm wie ein prächtiger Gockel!

Ein Triumphzug machte sich auf den Weg zurück zum Hexenhäuschen: Vorweg lief Anni mit dem Vogelkäfig. Der glatzköpfige Gunnar rüttelte an den Gitterstäben und keifte und zeterte. Rupert wuselte um Annis Füße herum und kläffte fröhlich. Herr Bovist saß auf meinem Arm und baumelte mit den Füßen.

Immer wieder rief er: »Es ist vollbracht!«

Ich lutschte an meinem Finger. Und ich war einfach nur froh. Weil wir den schlauen Gunnar überrumpelt hatten.

Im Hexenhäuschen stellte Anni den Käfig mit dem Gefangenen auf den Küchentisch. Neben das Suppentopfgefängnis. Ich holte das kleine Vorhängeschloss aus dem Schulranzen. Eigentlich ist es von meinem Tagebuch. In so einem Notfall musste es aber als Käfigschloss herhalten.

»Sicher ist sicher!«, erklärte ich.

Dann reinigte Herr Bovist auf dem Küchentisch meine Bisswunde. Mit einem klitzekleinen Wattebausch tupfte er eine durchsichtige und scharf stinkende Flüssigkeit auf Gunnars Gebissabdruck. Es brannte höllisch.

Herr Bovist schimpfte in Gunnars Richtung: »Musste das sein? Ein Kind beißen?«

Gunnar guckte nur böse zwischen seinen Gitterstäben hervor.

Anni schnüffelte an den bunten Zuckerkugeln. »Gunnar, was sind das für Bonbons?«

Da kam wieder Leben in Gunnar. »Die sind lecker«, rief er und streichelte mit leuchtenden Augen seinen Bart. »Ein Rezept meiner Mutter.«

»Und was passiert mit mir, wenn ich ein Bonbon esse?«, fragte Anni.

Jetzt guckte Gunnar wieder finster, mit zusammengekniffenen Lippen.

Herr Bovist sagte: »Liebe Annemarie, hier musst du nun wirklich deine Neugier zügeln und die Finger von den Leckereien lassen!« Und er schickte sie ins Badezimmer, um ein Pflaster zu holen.

»So!«, sagte Herr Bovist und strich die Pflasterenden auf meinem Finger glatt. »Und jetzt rufe ich den Kreis an.«

Ich trug Herrn Bovist ins Wohnzimmer und setzte ihn auf den Wohnzimmertisch. Dann wählte ich die erste Nummer im gelben Adressbuch. Der Name war dick unterstrichen: *Emilia Knöterich.* Den Hörer legte ich neben Herrn Bovist. »Guten Tag, Emilia. Hier spricht Konrad. Konrad Bovist«, sagte Herr Bovist endlich in den Hörer. Leise schlich ich über den prächtigen Blumenteppich zurück in die Küche. Damit Herr Bovist in Ruhe telefonieren und alles regeln konnte!

»Der Kreis kommt morgen Nachmittag um drei Uhr in meinem Haus zusammen. Emilia informiert die anderen Mitglieder des Kreises«, erzählte Herr Bovist wenig später.

Das waren doch prima Neuigkeiten.

Ich sagte: »Dann packen wir jetzt alle Zwerge ein und gehen zu mir nach Hause. Es gibt bald Abendessen.«

»Oh, ja!«, rief Anni und klopfte auf ihren Bauch.

»Die Zauberpflanzen lassen wir aber hier in meiner Küche«, erklärte Herr Bovist. »Wir benötigen ihre Hilfe bis morgen nicht mehr.«

Ich schluckte. Ludmillo allein zurücklassen?

»Kann Ludmillo nicht mit nach Hause?«, fragte ich.

Herr Bovist schüttelte den Kopf. »Die Sicherheit der Pflanzen und des großen Wissens über ihre Kraft geht hier vor! Und du hast eine große und sehr umtriebige Familie, liebe Matilda.«

Ich wollte erst noch ein bisschen jammern. Aber bei dem alten Mann traute ich mich nicht so richtig. Und meine Familienmitglieder steckten ihre Nasen wirklich *überall* hinein. Auch in prächtig blühende Blumen.

Vorsichtig nahm ich erst die Flugpflanze und dann Ludmillo aus dem Schulranzen und stellte sie auf das Fensterbrett in der Küche. Hier hatten sie es auch ganz schön. »Tschüss, ihr beiden, bis morgen!«

»Jetzt spazieren wir aber bequem durch das Tor«, sagte Anni. »Der Feind ist schachmatt.«

Das fand ich auch. Bis mir Opas Leiter einfiel. Die

lehnte noch an der Mauer. »Wir müssen die Leiter wieder zu den Kirschbäumen bringen. Stell dir vor, Opa findet sie nicht! Da wäre der Teufel los!«

Anni seufzte.

Ich wickelte noch ein paar Küchentücher um den Vogelkäfig. Denn erstens sollte Zwergen-Gunnar nicht gesehen werden. Und zweitens sollte er nicht mitbekommen, wie wir von Herrn Bovists Grundstück in mein Kinderzimmer kamen. Auch wenn wir ihn gefangen hatten, mussten wir immer noch vorsichtig sein.

Friedliche Zwerge

Gunnar zeterte und schimpfte auf dem gesamten Weg durch den Dschungel. Beim ausgehöhlten Baum fiel mir das Zauberbuch wieder ein. Und Niklas und Lukas. Jetzt konnten wir schon wieder nicht nach der passenden Hilfsblume schauen. Wegen Gunnar! Der sollte nicht wissen, wo unser tolles Geheimversteck für das Zauberbuch lag.

Gunnar keifte und fauchte wie ein Drache, als ich den verhüllten Käfig über die Mauer balancierte. Und in der Scheffelstraße rüttelte er wie ein Gorillamännchen an den Gitterstäben. Ich schwitzte. Vor allem, als Tante Ilse uns aus ihrem Vorgarten zuwinkte.

»Lasst mich hier raus!«, schrie Gunnar.

Ich stimmte ein fröhliches Lied an: *Die ganze Affenbande brüllt*.

Anni sang mit: »Wer hat die Kokosnuss, wer hat die Kokosnuss, wer hat die Kokosnuss geklauauaut …«

Singend kamen wir zu Hause an. Mein Hals kratzte.

Mama und Papa saßen in Wanderklamotten auf der Terrasse.

»Huhuuu!«, rief Mama zu uns in den Flur.

Endlich verstummte Gunnar.

»Hallooo«, antworteten Anni und ich im Chor.

Im Eiltempo rannten wir nach oben in mein Zimmer. Anni holte Wasser aus dem Badezimmer, und wir gaben allen Zwergen etwas zu trinken. Herr Bovist saß mit seinem Getränk auf dem Puppenhaussofa. Gunnar hockte im Käfig in der Zimmerecke.

Er rief: »He, du da! Was ist mit deinen Haaren? Sie schleifen ja fast auf dem Boden. Hast etwa *du* meine Haarwuchsdrops geklaut?«

Ich sagte: »Langsam, aber sicher sind mir hier zu viele Zwerge versammelt.«

Anni kramte ihre Schere aus der Rocktasche und kürzte den Pferdeschwanz. Gunnar hörte nicht auf mit seinem Gezeter.

»Pscht!«, machte ich. »Meine Eltern können dich sonst noch hören!«

Gunnar kreischte aus dem Käfig heraus: »Ja, und? Was

habe ich denn noch zu verlieren? Was passiert jetzt mit mir? Wie ein Affe sitze ich hier im Käfig.«

Anni sagte: »Du darfst dreimal raten, von wem wir die Idee mit dem Käfig haben.«

Wieder kam lautes Geschimpfe, Gekeife und Geschrei aus dem Käfig. Ich hatte die Nase voll.

»*Ruhe!*«, brüllte auch Herr Bovist. Er stand an der vorderen Kante des Puppenhauses und hielt sich die Ohren zu.

Eine Etage tiefer hörte ich jetzt Papa.

Ich musste Gunnar ruhig stellen. Und zwar schnell.

Im gleichen Moment durchzuckte mich auch schon die rettende Idee. Ich holte ein paar Kekse aus der Küche und die selbstgebackenen rosagetupften Kekse aus der Schachtel auf meinem Schreibtisch. Jeder Zwerg bekam ein Tellerchen. Gunnar beäugte misstrauisch seine rosagetupften Keksstücke. Aber als er sah, dass Herr Bovist seine Kekse am Puppenhausküchentisch mit Appetit verschlang, langte auch er zu. Dass bei Herrn Bovists Keksen die rosa Blüten fehlten, konnte er aus der Entfernung nicht erkennen. Und nach dem kleinen Imbiss war es in meinem Zimmer endlich friedlich. Gunnar summte ein Liedchen und leckte den Teller blank.

Tatsächlich durfte Anni dann noch einmal bei mir übernachten. »Aber auch nur«, sagte Annis Mama Renate am Telefon, »weil ich für eine Nachtschicht im Krankenhaus einspringen muss.«

Glück gehabt!!

Beim Abendessen sagte Finn: »Wir schauen heute einen Film.«

Jonas ergänzte: »Und deshalb ist das Wohnzimmer besetzt!«

»Vielleicht möchten ja alle euren Film schauen«, sagte Mama. »Als Familienabend. Mit Chips und so.«

»Anni und ich wollen aber lieber am Dschungelbild malen«, erklärte ich.

Da guckten die Zwillinge erleichtert.

Und Anni und ich sammelten weiter Zwergenessen in den Puppenhauskochtöpfen auf unserem Schoß. Ich sammelte Happen von Papas Grillfleisch, Anni die Beilagen. Im heimlichen Essen-Verschwindenlassen waren wir inzwischen richtig gut.

Dem gut gelaunten Gunnar stellte ich wenig später den rosa Wohnzimmersessel und den kleinen Couchtisch aus dem Puppenhaus in den Käfig. Gunnar nahm auch sofort Platz. Herr Bovist setzte sich an den Esstisch in der Puppenhausküche. Anni häufte unser gesammeltes Abendessen auf zwei Tellerchen und servierte es den Zwergen. Ich füllte Dragos Matschefutter in eine kleine Puppenschüssel. Und dann hörte man eine Zeitlang nur leises Besteckklappern und Ruperts Schmatzen.

Nach der Zwergenfütterung malten Anni und ich zwei kleine Zwerge und einen mausekleinen Rupert in das hohe Gras auf meine Dschungelwand. Die echten Zwerge guckten uns zu. Keiner von uns sprach mit Gunnar. Weil alle froh waren, dass er endlich die Klappe hielt.

Als wir gerade den letzten Strich auf die Wand pinselten, rief Gunnar: »Jetzt malt mir aber bitte noch Haare auf den Kopf!«

Und Anni tat ihm den Gefallen.

Mein Puppenhaus steht auf der Kommode wie auf einer Felseninsel. Eine Flucht ist für einen Zwerg unmöglich. Außerdem hatte Gunnar immer noch beste Laune. Deshalb durfte er das Zimmer unter dem Dach beziehen. Es ist das Kinderzimmer. Neben einer Babywiege gibt es ein normal großes Bett für das ältere Puppenkind. Für die Kissen hatte Mama mir wunderhübsche Sternenbettwäsche genäht. Außerdem gibt es in dem Zimmer ein Regal mit winzig kleinen Spielsachen und einen samtigen pinken Sitzsack.

»Sehr schön«, gurrte Gunnar, »wirklich sehr gemütlich. Hier lässt es sich aushalten.«

Obwohl alles so friedlich war, baute ich die Treppe zum Dachzimmer aus.

Herr Bovist raunte mir zu: »Sicher ist sicher.«

Und man konnte ja nie wissen, wann die Wirkung des rosagetupften Kekses aufhörte.

Der Kreis

<u>Sonntag, 15. Juni</u>

Ludmillo strahlt nicht mehr ganz so blau. Ich darf gar nicht daran denken, dass er nur noch wenige Tage fit sein wird …

An diesem Sonntag wachte ich durch lautes Gezeter auf. Hundemüde rappelte ich mich auf und öffnete das Puppenhaus. Gunnar stand vor dem Spiegel im Badezimmer und raufte sich den dünnen Haarkranz.

»Unmöglich sehe ich aus. Wirklich unmöglich. Ich brauche meine Haarwuchsdrops!«, schimpfte er.

Ich gähnte. »Ich könnte dir einen Keks anbieten.«

Gunnar fauchte wie ein Drache: »Gibt es kein anständiges Frühstück? Ich wollte nach dem Aufwachen in die Küche, aber die Treppe fehlt. Ich habe Durst. Und Hunger.«

Im Stockwerk unter Gunnar rief Herr Bovist: »Gunnar, gib Ruhe!«

Ich holte ein Stück Keks mit rosa Tupfen und ein Becherchen voll Wasser und stellte alles auf Gunnars Nachttisch.

»Und aufs Klo muss ich auch!«, zeterte Gunnar weiter.

Also stellte ich auch noch die pinke Toilette in sein Dachbodengefängnis. Anni schlief immer noch tief und fest. Sie hatte nichts mitbekommen. Also legte ich mich auch wieder ins Bett und zog mir die Decke über den Kopf.

Als ich das nächste Mal wach wurde, stand Mama im Zimmer.

»Guten Morgen, ihr Schlafmützen! Frühstück!«, trällerte sie fröhlich.

»Oaaah!«, gähnte Anni.

Mit einem Ruck setzte ich mich auf und schaute zum Puppenhaus. Es stand offen. Nichts rührte sich darin. Und Mama guckte noch nicht einmal in Richtung Puppenhaus, sondern sauste weiter zu Lenis Zimmer. Puh!

Anni und ich frühstückten ausgiebig mit Mama und Papa und Leni.

»Wo sind die Zwillinge?«, fragte ich. Es war immer gut, zu wissen, wo meine Brüder gerade steckten.

»Die beiden lassen wir noch schlafen. Sie sind nach der Übernachtungsparty und dem Filmabend völlig übermüdet. Was habt ihr Mädchen heute vor?«, fragte Mama.

Ich antwortete: »Wir machen heute einen Schuppentag.«

Anni nickte energisch.

»Soso«, sagte Papa. »Dann machen wir doch einfach einen Liegestuhltag!«

Mama war einverstanden. Leni gähnte.

»Das ist eine sehr gute Idee«, sagte ich und ließ ein halbes Brötchen in die Pappschachtel auf meinem Schoß fallen. »Und Anni und ich nehmen Picknick mit. Als Mittagessen.«

Die Idee fanden Mama und Papa richtig schön. Sofort packten sie uns ein paar Leckereien zusammen. Sogar Kuchen war dabei.

Aber bevor es losgehen konnte, deckten Anni und ich noch den Küchentisch im Puppenhaus mit unseren gesammelten Frühstückszutaten. Flüchten konnte Gunnar von der Puppenhausinsel ja nicht. Und friedlich war er dank des Kekses auch. Also nahmen der strubbelige Herr Bovist und der kahle Gunnar Platz.

»So viele Leckereien!«, rief Gunnar begeistert. Aber das lag am Keks, da bin ich mir ziemlich sicher.

Als alle satt waren, fragte ich Gunnar: »Warum hast du das gemacht? Herrn Bovist entführt und eingesperrt? Er ist doch dein Freund!«

Gunnar rieb sich die Glatze. »Versprochen ist versprochen und wird nicht gebrochen. Konrad wollte mir seine Blumensamen und das Familienbuch übergeben. Noch diesen Sommer. Und dann, urplötzlich, ist er wie ausgewechselt, und ich soll keinen einzigen Samen mehr bekommen!«

Empört guckte Gunnar in die Runde.

Herr Bovist antwortete mit grimmigem Blick: »Ich kann mit meinen Samen und meinem Familienerbe doch wohl tun und lassen, was ich will!«

Gunnar rief: »Aber du hattest es mir *versprochen*! Ich hatte mir schon einen großen Schrank gekauft. Mit vielen Schubladen für die neuen Samen. Ich wollte der größte Zauberpflanzenbesitzer aller Zeiten werden! Und den Vorsitz des Kreises würde ich dann selbstverständlich auch von dir übernehmen!«

»Gierschlund!«, zischte Herr Bovist und trank noch einen Schluck Kaffee. »Und machthungrig noch dazu. Aber du wirst nicht ungestraft davonkommen. Der Kreis wird nachher ein Urteil fällen!«

Fast tat Gunnar mir ein bisschen leid. Ich kann es auch nicht leiden, wenn mir zum Beispiel Finn und Jonas etwas versprechen und es dann im letzten Moment rückgängig machen. Und das machen die beiden ganz schön oft. Aber dann fiel mir wieder der Suppentopf ein. Und wie Herr Bovist in seiner Socke steckte. Und mit seinem alten Rücken auf dem Küchenschwamm liegen musste. Es war Gunnar scheinbar total egal, ob er Herrn Bovist weh tat. Er wollte die Samen und das Familienzauberbuch. Auf Teufel komm raus! Gunnar, der Gierschlund.

Nach dem Frühstück verschwanden alle Zwerge im Bambus.

»Ich würde gar nicht erst an Flucht denken«, hatte ich Gunnar zuvor erklärt. »Im Garten lauert die wilde Hilde. Da sind Anni und ich dein einziger Schutz!«

Dann zeigte ich Gunnar die kleine Schale mit Wasser. Die hatte ich zum Händewaschen aufgestellt. Mama überkommt nämlich immer das kalte Grausen, wenn sich jemand nach dem Klogang nicht die Hände wäscht. Weil man sich da tausend Krankheiten einfangen kann.

Endlich waren alle fertig, und wir machten uns auf den Weg zum Schuppen. Das Picknick steckte in meinem Rucksack, Gunnar reiste wieder im abgedeckten Vogelkäfig, Rupert in seiner Bauchtasche, und Herr Bovist durfte auf Annis Gipsarm sitzen und die Aussicht genießen.

Als wir endlich an der Mauer standen, fragte Anni: »Warum nehmen wir heute nicht einfach das Tor? Die Gefahr ist gebannt, und wir müssen nicht heimlich durch den Dschungel schleichen.«

»Das stimmt«, antwortete Herr Bovist. »Allerdings müssen wir an die neugierigen Nachbarn denken. Wenn die beobachten, dass zwei Kinder durch mein Tor marschieren, fängt das Getratsche an!«

»Und stell dir nur vor, was passiert, wenn Tante Ilse uns sieht!«, rief ich. »Wie wir im Garten des unheimlichen Herrn Bovist verschwinden. Sie würde sofort Alarm schlagen. Bei Oma und Opa. Und bei Mama und Papa. Und vielleicht sogar bei der Polizei!«

Jetzt seufzte Anni. Und wuchtete mit mir die Leiter bis zur großen Mauer. Dort packte ich die pinke Tekla zu Gunnar in den Käfig.

»Hilfe!«, rief er beim Anblick der Riesenschnecke. Teklas Augen stierten Zwergen-Gunnar direkt ins Gesicht.

»Tekla tut dir nichts«, beruhigte ich Gunnar. »Außerdem bist du schneller.«

Der Weg über die Mauer und durch den Dschungel klappte wie am Schnürchen. An diesem sonnigen Sommersonntag strahlten alle Pflanzen im Zaubergarten in ihrem schönsten Grün. Und die Blumen auf den Lichtungen lachten uns mit ihren bunten Köpfen an. So schön war das.

Im Hexenhaus stellte ich den Vogelkäfig auf den Küchentisch und nahm die Tücher ab. Tekla schaute mir schon entgegen. Gunnar drückte sich in der hintersten Ecke an die Gitterstäbe. Er war immer noch friedlich. Der Keks wirkte also noch.

Herr Bovist wollte auch auf den Küchentisch. Dort zog er seinen Mantel aus, verschränkte seine Arme auf dem Rücken und verkündete: »Wie ihr wisst, kommt um drei Uhr Emilia. Ähm, ich meine natürlich *der Kreis*. Manche haben eine längere Anreise. Deshalb wollen wir meine Kollegen mit einem kleinen Imbiss in Empfang nehmen. Dazu werden wir meine berühmte Kräuterlimonade frisch ansetzen und ein paar Kekse backen!«

Anni und ich nickten.

Gunnar rief: »Oha!«

Jetzt kratzte Herr Bovist sich am Kopf. »Ich kann euch bei meiner Größe leider überhaupt nicht helfen!«

»Macht doch nichts«, sagte ich. »Anni und ich können hervorragend backen. Und Limonade können wir bestimmt auch!«

Aber zuerst musste ich ein schönes Plätzchen für Tekla finden. Ich fand es direkt neben der grünen Haustür an der sonnenbeschienenen Treppe.

»Herzlich willkommen im schönsten Garten der Welt«, sagte ich zu Tekla. Vorsichtig zog ich das pinke Tape von ihrem glänzenden Schneckenhaus.

»Können wir jetzt loslegen?«, rief Herr Bovist aus dem Haus.

Ich war bereit. Zuerst sammelten wir Kräuter auf der kleinen Blumenwiese vor dem Hexenhaus. Herr Bovist kämpfte sich zwischen den hohen Gräsern und Blumenstielen hindurch. Immer wieder blieb er stehen und gab uns Anweisungen. »Matilda, hier, die Gezackte, die musst du abschneiden!«

Und: »Annemarie, die kleine Hellgrüne hier, gaaanz vorsichtig ausbuddeln. Wir brauchen auch die Knolle!«

In der Küche warfen wir alles in den großen Suppentopf. Es blubberte und zischte wie in einem Hexenkessel. Und das Wasser wurde erst gelb, dann grün.

»So!«, rief Herr Bovist schließlich vom Küchentisch. »Jetzt den Herd abschalten und abkühlen lassen. Nun sind die Kekse dran!«

Anni und ich suchten die Zutaten zusammen, wogen und kneteten und formten schöne kleine Teighütchen. Toll sahen die aus. Viel besser als unsere rosagetupften Kekse. Und sie sahen sogar noch schöner aus, als wir sie vorsichtig aus dem Ofen zogen.

»Oh, wie das duftet!«, rief Anni. »Ich habe Hunger!«

Statt der warmen Kekse verputzten wir aber erst einmal das mitgebrachte Picknick. Bis auf den Kuchen.

»Den servieren wir nachher mit den Keksen«, erklärte ich.

Dann fegten Anni und ich noch etwas das Wohnzimmer. Und schüttelten die Sofakissen auf. Und pflückten auf der Wiese einen prächtigen Blumenstrauß für den runden Tisch.

»Wunderbar«, sagte Herr Bovist und glättete seine Haare. »Jetzt können sie kommen. Wir sind bereit!«

Gunnar lag schnarchend auf einem Topfschwamm im Käfig und hielt seinen Erschöpfungsmittagsschlaf.

Ich spürte ganz leicht den ängstlichen Braunbär in meinem Bauch. Gleich würde ich den *Kreis* kennenlernen. Lauter wichtige Leute. Menschen mit ganz viel Wissen über die Zauberblumen.

»Ich bin ja sooo gespannt!«, raunte ich Anni zu.

»Und ich freue mich sooo auf die Kekse und das Kuchenpaket«, raunte Anni zurück.

Endlich war es drei Uhr. Herr Bovist, Anni, Rupert und ich saßen auf der Treppe vor der grünen Haustür.

»Wie kommen die Leute überhaupt rein?«, fragte ich.

»Emilia hat den Code«, erklärte Herr Bovist.

Aha.

»Und wer ist diese Emilia Knöterich?«, fragte ich weiter.

»Emilia ist Emilia!«, rief Herr Bovist, und seine Augen leuchteten unter seinen buschigen Augenbrauen. »Sie ist eine ganz besondere Frau. So schlau. Und so wissbegierig. Die beste Blumenzüchterin aller Zeiten. Und eine prächtige Erscheinung obendrein!«

Jetzt stellte ich mir Emilia Knöterich als eine Forscherin mit Panamahut vor. Und geflochtenen Affenschaukeln als Frisur.

»Sie kommt!«, rief Herr Bovist plötzlich und sprang auf. Wie ein Rumpelstilzchen hüpfte er auf der Treppenstufe herum, sein Haar zeigte in Richtung Sonne.

Ich hörte das Quietschen des riesigen Eisentores. Dann das Knirschen der Kiesauffahrt. Und dann sah ich das kleinste Auto aller Zeiten um die Ecke brausen. Urplötzlich bremste das feuerwehrrote Fahrzeug ab. Der Kies spritzte in alle Richtungen.

»Emilia!«, rief Herr Bovist und winkte mit beiden Armen.

Jetzt hüpfte eine kleine Frau aus dem winzigen Auto. Sie war nicht viel größer als Anni. Aber viel, viel älter. Ihre weißen raspelkurzen Haare umrahmten das braungebrannte Gesicht.

»Huhuuu!«, rief Emilia. Wie ein Wildpferd stürmte sie in ihrem olivgrünen Overall über die kleine Wiese. Direkt vor uns machte sie eine Vollbremsung und warf sich auf die Knie. Dann spitzte sie die Lippen und drückte Herrn Bovist einen Kuss auf die Sturmfrisur. »Konrad, jetzt bin ich endlich mal größer als du!«

Anni guckte mit offenem Mund.

Nachdem Emilia dem schwanzwedelnden Rupert kurz den Rücken gekrault hatte, rappelte sie sich auf und strahlte Anni und mich an.

»Ihr seid also Matilda und Annemarie!«, sagte sie mit grasgrün leuchtenden Augen. »Ich freue mich, euch kennenzulernen. So mutige Mädchen! Einfach unglaublich! Konrad hat mir am Telefon alles erzählt.«

Da war ich mächtig stolz auf uns.

»Und wo ist Gunnar, der Verbrecher?«, fragte Emilia. Jetzt waren ihre Augen zwei moosgrüne Schlitze.

»Er ist in der Küche«, erklärte Herr Bovist. »Eingesperrt in einen Vogelkäfig.«

In die Küche kam Emilia dann aber erst einmal nicht.

Denn auf der Kiesauffahrt tauchte ein kleiner froschgrüner Bus auf. Langsam tuckernd wie ein Traktor erreichte er die Blumenwiese. Gleichzeitig wurden alle Bustüren aufgerissen. Eine dünne, lange Frau mit dünnen, langen Haaren schob sich aus der Beifahrertür und winkte uns elegant zu. Fast wie eine Elfe sah sie aus.

Ein Mann mit grau-schwarzem Pferdeschwanz stieg auf der Fahrerseite aus.

»Hallo, Viola, hallo, Claudius!«, rief Emilia. »Und Eric habt ihr auch gleich mitgebracht!«

Eric musste der junge, bärtige Mann in den knallengen Jeans sein, der hinter Claudius über die Blumenwiese schlenderte.

Jetzt umarmten sich alle und redeten wild durcheinander. Auch Anni und ich wurden geküsst und geherzt. Alle schienen uns zu kennen! Und Herr Bovist saß die ganze Zeit auf meinem Arm. Damit er den Leuten einigermaßen in die Augen gucken konnte. Und nicht aus Versehen zertrampelt wurde.

Irgendwann rief Emilia Knöterich: »Alle mal herhören! Wir werden heute nicht vollzählig sein. Einige Mitglieder konnten so kurzfristig nicht!«

Also bat Herr Bovist alle hinein ins Wohnzimmer. Ich stellte ihn auf dem Wohnzimmertisch ab. Emilia, Claudius,

Eric und Viola setzen sich auf die vier Stühle. Anni, Rupert und ich versanken im roten Samtsofa.

»Ihr lieben Mitglieder unseres Kreises!«, rief Herr Bovist mit seinem dünnen Stimmchen. Es war jetzt mucksmäuschenstill im Raum. »Ich begrüße euch herzlich und danke euch für euer schnelles Kommen in diesen unguten Zeiten!« Er räusperte sich. »Aber zuallererst möchte ich mich bei Matilda und Annemarie bedanken. Ohne diese beiden wunderbaren Mädchen würde ich heute nicht vor euch stehen!«

Alle klatschten und strahlten uns freudig an. Mir stieg die Hitze bis hoch in den Kopf. Anni leuchtete kirschrot.

Wieder räusperte sich Herr Bovist. »Aber heute haben wir uns wegen Gunnar hier versammelt.«

Alle nickten mit ernstem Gesicht.

»Eric, würdest du bitte in die Küche gehen und ihn holen?«, fragte er dann den Bärtigen. »Er sollte bei der Auflistung seiner Vergehen anwesend sein.«

Wenige Augenblicke später stand der Vogelkäfig auf dem runden Wohnzimmertisch.

»Matilda, öffne bitte das Zahlenschloss«, bat mich Herr Bovist.

Vor lauter Aufregung hätte ich fast die Zahlenkombination vergessen. Endlich sprang es auf.

Gunnar kletterte aus dem Käfigtor. Mit den Händen in den Hosentaschen schlenderte er dann über die Tischplatte. Herr Bovist klopfte mit der Hand neben sich auf das Buch, das den Zwergen als Sitzbank diente. Zwei Zwerge saßen nun nebeneinander. Der Zerzauste guckte streng, der Glatzkopf heiter. Gunnar hatte keine Ahnung, was ihm blühte.

Ausgefuchst!

Emilia schob ihren Stuhl zurück und erhob sich.

»Gunnar!«, sagte sie mit sehr, sehr strenger Stimme. »Wir sind heute zusammengekommen, weil schwere Vorwürfe gegen dich erhoben wurden!«

»Also so was!«, krähte Gunnar und lächelte freundlich in die Runde.

Emilia runzelte die Stirn. Sie wusste ja nichts von dem rosagetupften Keks.

Trotzdem fuhr sie fort: »Um Konrads Stimme zu schonen, werde ich alle Anklagepunkte vortragen.«

Die kleine Frau setzte sich eine große, rote Brille auf die Nase und las langsam vor: »Punkt eins: Freiheitsberaubung im Falle Konrad Bovist.«

Herr Bovist nickte energisch.

»Was?«, fragte Anni.

Ich flüsterte ihr ins Ohr: »Gunnar hat Konrad in den Käfig eingesperrt und nicht mehr rausgelassen.«

Emilia fuhr fort: »Punkt zwei: Erpressung. Du wolltest Konrad Bovist nur gegen den Erhalt des Familienbuches und der Samen freilassen.«

Wieder nickte Herr Bovist.

»Punkt drei: Versuchter Diebstahl und Beschädigung fremden Eigentums. Du bist in das Arbeitshäuschen eingebrochen und hast die Einrichtung demoliert. Das Familienbuch und die Samen konntest du nicht entwenden, weil sie zuvor von den Kindern in ein sicheres Versteck gebracht worden waren.«

Jetzt nickten Anni und ich wie verrückt. Und alle lächelten zu uns herüber. Alle außer Gunnar.

»Punkt vier: Bedrohung der Kinder Matilda und Annemarie. Im Falle des Ungehorsams wolltest du die Mädchen den Löwen im Zoo verfüttern.«

Jetzt guckten alle entrüstet. Und mir kroch eine dicke Gänsehaut über den Rücken.

Gunnar rief: »Also, ich bitte euch! Das hätte ich natürlich niemals gemacht!«

Da war ich mir nicht so sicher. Aber gut.

»Und der letzte und sehr schwerwiegende Punkt: Missbrauch der Pflanzenkraft. Der Blumenzauber wurde verwendet, um Böses zu tun. Siehe die Anklagepunkte eins bis vier. Doch wie jeder der Anwesenden weiß, darf unser Wissen über die Zauberpflanzen nur genutzt werden, um Gutes zu tun und anderen zu helfen.«

Alle am Tisch nickten. Bis auf Gunnar. Der stierte auf die Tischplatte unter seinen Füßen.

Emilia fragte ihn: »Möchtest du dich zu den Vorwürfen äußern?«

Gunnar kratzte sich am Kopf. »Ich kann nur immer wieder sagen, dass Konrad Bovist mir seine Samen und sein Familienzauberbuch versprochen hat. Noch diesen Sommer. Und ich finde, an Absprachen sollte man sich halten. Mehr habe ich nicht zu sagen.«

Gunnar guckte wieder auf die Tischplatte.

»Unser Keks wirkt noch!«, wisperte ich Anni ins Ohr.

»Ist das gut oder schlecht?«, wisperte Anni zurück.

Ich zuckte mit den Achseln. Ohne das Fuchsgezeter würde die Verhandlung viel schneller und vor allem entspannter ablaufen. Und das fand ich prima.

»Nun denn!« sagte Emilia. »Wenn Gunnar nichts weiter zu sagen hat, beraten sich die anwesenden Kreismitglieder nun. Eric, bringst du Gunnar bitte zurück in seine Zelle?«

Der bärtige Eric steckte den winzigen Gunnar zurück in den Vogelkäfig. Und verschwand mit ihm in der Küche. Alle anderen aßen Kekse und Omas leckeren Kuchen. Und schlürften Kräuterlimonade. Die war Anni und mir wirklich gut gelungen, das muss ich schon sagen.

Eric kam zurück ins Wohnzimmer. Er steckte sich ein zuckriges Bonbon in den Mund.

»Wollt ihr auch?«, fragte er und hielt Anni und mir zwei lecker aussehende Bonbons in Rot und Gelb unter die Nase. Die dicke Zuckerschicht funkelte uns an.

»Spuck dein Bonbon lieber wieder aus!«, sagte Anni zu Eric.

Der hob die Augenbrauen fragend bis unter seinen dicken Haarschopf.

»Raus damit!«, rief ich. »Die hat Gunnar gemacht!«

Doch es war schon zu spät. Eric erstarrte mitten in der Bewegung. Wie ein Baum stand er auf dem Pflanzenteppich. Das Bonbon hing zwischen seinen Lippen. Die starren Augen glotzten uns an.

»Mist! Mist! Mist!«, rief ich.

»Was ist los?«, fragte Viola mit ihrem zarten Elfenstimmchen.

»Eric hat eins von Gunnars Bonbons gelutscht«, rief ich.

Und Anni sagte: »Wir haben ihm noch davon abgeraten, echt!«

Jetzt standen alle um den armen Eric herum.

»Dieser elende Gunnar!«, rief Herr Bovist vom Tisch zu uns rüber. »Die Bonbons waren für die Kinder bestimmt. Als Lockmittel. Versteinert hätten sie mich nicht mehr schützen können!«

»Als ob wir auf so was reinfallen!«, sagte Anni.

Na ja! Anni war sehr wohl schon auf Zaubereien reingefallen. Aber gut.

Emilia klatschte in die Hände. »Im Moment können wir Eric nicht helfen. Wir sollten unsere Verhandlung fortsetzen!«

Da waren es nur noch drei, die sich zurück an den Tisch setzten. Und diskutierten. Es dauerte ewig lange. Anni und mir wurde bald langweilig. Wir futterten ein paar Kekse. Und tranken Limonade. Und spielten ein bisschen mit Rupert. Und *Ich sehe was, was du nicht siehst* mit dem bunten Pflanzenteppich. Leider war da der starre Eric immer im Weg.

Und endlich, endlich waren die Kreismitglieder fertig.

Die blasse Viola holte Gunnar aus der Küche. Als sie auf dem Rückweg am starren Eric vorbeikamen, rief Zwergen-Gunnar: »Dafür kann ich jetzt aber wirklich nichts. Ich habe nicht gesagt, dass er ein Bonbon essen soll!«

Claudius knurrte: »Du hättest ihn davon abhalten können! Das hätte unser Urteil bestimmt beeinflusst!«

Jetzt sagte Gunnar nichts mehr. Aber er schaute beleidigt wie der Dackel von Tante Ilse.

Wieder stand Emilia Knöterich auf und rückte ihre rote Brille zurecht. Ich war ja so gespannt: Was erwartete Gunnar für eine Strafe? Und wirkte der rosagetupfte Keks von heute Morgen immer noch?

»Gunnar«, sagte Emilia. »Wir Mitglieder des Kreises sind entsetzt: Du hast aus reiner Gier gehandelt.«

»Pah, Gier!«, rief Gunnar. »Versprochen ist versprochen!«

Seine Augen funkelten böse.

Plötzlich zeigte er mit dem Finger auf Anni und mich. »Wahrscheinlich will unser lieber Konrad sein Hab und Gut diesen neugierigen Gören übergeben!«

»Lass die Kinder aus dem Spiel!«, zischte Herr Bovist. »Dein Verhalten und deine Einstellung haben mich dazu gebracht, dir mein Familienerbe *nicht* anzuvertrauen.«

»Haha!«, rief Gunnar. »Und was weißt du schon über die Einstellung dieser Kinder, hä? *Nichts!* Sie sind keine von uns! Der Kreis muss verhindern, dass sie alles bekom-

men! Meine Familie war immer die größte Zauberblumensamenbesitzerin aller Zeiten. Jedenfalls, bevor die Familie Bovist hier aufgetaucht ist!«

»Gierschlund!«, rief Herr Bovist. »Aber eines möchte ich hier noch klarstellen: Man muss nicht in den Kreis hineingeboren werden, um dazuzugehören!«

Die anderen Kreismitglieder nickten.

Emilia sortierte ihre dicht beschriebenen Notizzettel.

»Das ist auch nicht das vorrangige Thema. Heute geht es allein um Gunnar und seine Taten.«

Alle nickten zustimmend.

»Gunnar, wir verkünden dir nun unser Urteil«, fuhr Emilia fort. »Der Kreis beschlagnahmt alle deine Samen. Du hast ein Jahr lang eine *totale Sperre* im Umgang mit den Zauberpflanzen.«

»Waaas?«, brüllte Gunnar. Sein Haarkranz stand in alle Richtungen ab. Sein Gesicht leuchtete fuchsrot. Und seine Augen schossen Blitze auf Emilia.

»Ich bin noch nicht fertig«, sagte Emilia mit sehr, sehr strenger Stimme. »Du kannst dich in diesem einen Jahr bewähren, indem du den anderen Kreismitgliedern hilfst. Vor allem dem geschädigten Konrad Bovist. Wie ich weiß, ist sein Gewächshaus in einem erbärmlichen Zustand. Da kann er jede Hilfe brauchen!«

Das fand ich jetzt nicht so gut. *Anni* und *ich* wollten Herrn Bovist bei der Reparatur des Gewächshauses helfen. Und überhaupt bei der gesamten Pflanzenarbeit. Da konnten wir keinen übellaunigen Fuchs gebrauchen. Echt nicht!

»Sonst noch was!«, kreischte Gunnar.

Ganz klar: Der Keks wirkte nicht mehr.

Claudius schnappte sich Gunnar. Er stellte den Zwerg auf seine Hand und brüllte so kräftig, dass Gunnars Haar-

kranz unter seinem Atem wehte wie ein Fähnchen im Wind: »Wenn du in diesem einen Jahr nicht zeigst, dass du ein anständiger Kerl bist, bekommst du die Samen *nie mehr*! Dafür werde ich sorgen! Kapierst du das, du elender Giftpfeil, du?«

Jetzt war es mucksmäuschenstill im Zimmer. Gunnar guckte finster.

»Gunnar«, sagte Viola mit ihrer sanften Flüsterstimme. Ich musste mich mächtig anstrengen, um sie vom Sofa aus überhaupt zu verstehen. »Wenn du dir Mühe gibst, bekommst du dein Familienbuch und die Samen ja wieder!«

»So ist es!«, sagte Emilia laut. »Es liegt an dir, Gunnar. Widerstand ist zwecklos!«

Und damit war alles gesagt.

Emilia Knöterich wollte Zwergen-Gunnar mit zu sich nach Hause nehmen. Darüber war ich sehr, sehr froh.

»Möchtest du ein paar Gutelaunekekse von uns haben?«, fragte ich Emilia. »Für den garstigen Gunnar?«

Doch sie lachte nur. »Vielen Dank für das nette Angebot. Ich denke jedoch, dass Gunnar sich vorbildlich benehmen wird.«

Da war ich mir nicht so sicher. Aber gut.

Auch die anderen Kreismitglieder wollten aufbrechen.

»Neustadt liegt auf unserem Weg«, sagte Claudius. »Da packen wir Gunnars Samen und das Zauberbuch gleich ein. Was erledigt ist, ist erledigt!«

Nur leider stand Eric noch immer als Baum auf dem Pflanzenteppich.

Mich juckt es ja immer, wenn ich ganz stillhalten muss. Am Fuß oder am Rücken. »Armer Eric!«, sagte ich deshalb.

»Er merkt nichts«, erklärte mir Emilia. »Und er wird nachher nichts mehr wissen. Für ihn ist es, als ob er tief und fest schläft.«

Claudius packte den großen Eric unter den Achseln, und Viola schnappte sich die Füße. Wie ein Brett schleppten sie ihn zum Bus und legten ihn quer vor die hintere Sitzbank.

»So müsste es gehen«, meinte Claudius und schlug die Bustür zu.

»Auf Wiedersehen!«, hauchte Viola. »Wir sehen uns bald wieder!«

Laut tuckernd rollte der himmelblaue Bus über die Kieseinfahrt.

Emilia Knöterich schnappte sich Gunnar.

Der rief: »He, du, Annemarie. Wo sind meine restlichen Schokodrops? Ich brauche sie dringend!«

Anni packte ihren langen Zopf und hielt ihn in die Höhe. »Hier in meiner Haarpracht!«

Sie zog die Schere aus der Rocktasche und schnitt den Pferdeschwanz direkt hinter dem Haargummi ab.

Gunnar stierte sie an wie ein wütender Kampfhund. »Der Haarwuchszauber müsste genau jetzt enden. Auch wenn du gieriges Kind dir alle Drops auf einmal in den Schlund geschüttet hast!«

Jetzt lachte Anni nicht mehr.

Ich raunte ihr ins Ohr: »Deine Haare wachsen bestimmt noch mal ein kleines Stück!«

Das hoffte ich zumindest.

Endlich waren alle vom Kreis abgereist.

Ich schaute auf die Uhr. »Wir müssen bald nach Hause. Papa kocht heute. Und er wird mächtig sauer, wenn man zu spät zum Essen kommt!«

»Und ich muss auch nach Hause«, sagte Anni.

Eine Sache musste ich aber vorher noch mit Herrn Bovist klären.

»Ludmillo und die Flugblume müssen wir mitnehmen«, sagte ich. »Wir brauchen sie, um Niklas zu helfen. Versprochen ist versprochen. Und ohne die Zauberblumen schaffen wir es nicht.«

Herr Bovist runzelte die Stirn. »Ihr seid noch nicht ausgebildet!«

»Ich weiß!«, rief ich. »Aber ich will dir die ganze Geschichte ja schon seit ein paar Tagen erzählen. Damit wir zusammen eine passende Zauberblume aussuchen und pflanzen. Und *zusammen* Niklas helfen. Und Lukas stoppen. Aber der blöde Gunnar kam uns immer in die Quere!«

Und dann erzählten wir Herrn Bovist endlich alles über Lukas. Und über Niklas. Und über die vielen anderen Kinder, die vom fiesen Lukas geärgert wurden.

»Ihr habt völlig recht, Kinder«, sagte er. »In diesem Fall brauchen wir die Kraft der Zauberpflanzen. Dürfte ich erfahren, wie euer Plan aussieht?«

Tja!

»Da morgen schon wieder Montag ist, können wir nicht noch neue Zauberblumen pflanzen«, überlegte ich. »Aber wir haben ja Ludmillo und die Flugpflanze.«

»Zuerst suchen wir Niklas' Kappe«, sagte Anni. »Sonst bekommt er Ärger von seiner Mama.«

»Aha«, sagte Herr Bovist.

»Wir fliegen unsichtbar in den siebten Stock«, redete Anni weiter. »Und spazieren durch die Balkontür in die Lukas-Wohnung. Dort suchen wir die Kappe im Monsterzimmer, und wenn wir sie gefunden haben, verschwinden wir wieder über den Balkon!«

Die Idee war nicht schlecht.

»Und wenn die Balkontür geschlossen ist?«, fragte Herr Bovist.

»Dann warten wir eben vor dem Hochhaus, bis Lukas vom Hort nach Hause kommt«, schlug ich vor. »Wir huschen unsichtbar mit ihm in die Wohnung. Und suchen im Monsterzimmer nach Niklas' Kappe.«

Herr Bovist wiegte seinen Zwergenkopf hin und her, hin und her.

»Richtig Hand und Fuß hat euer Plan nicht«, sagte er schließlich. »Aber wir versuchen es einfach. Eine bessere Idee habe ich im Moment nämlich auch nicht. Und vielleicht ergibt sich morgen noch eine andere Lösung.«

So weit, so gut.

Herr Bovist zeigte uns, wo sein Einkaufskorb stand. In den packten wir die beiden Pflanzen, Herr Bovist und Rupert und sausten nach Hause.

An diesem Abend war ich froh, als ich mich endlich in mein Bett kuscheln konnte.

»Was für ein Tag!«, kam Herr Bovists Stimme aus dem Puppenhaus. »Unsinn. Was für *Tage*! So viel Aufregung in Folge hatte ich in meinem ganzen Leben noch nicht!«

»Ich auch nicht!«, rief ich hinüber. »Und deshalb bin ich hundemüde. Oder faultiermüde.«

Ich gähnte so sehr, dass mein Kiefer knackte.

Herr Bovist rief: »Gute Nacht, liebe Matilda!«

»Gute Nacht, Herr Bovist! Gute Nacht, Rupert! Bis morgen!«, rief ich zurück.

Und schlief auf der Stelle ein.

Versteinert

Montag, 16. Juni

Ludmillos Blütenblättchen sind hellblau und verwaschen. Der lange Stiel kann sich nicht mehr allein halten. Mein langes Lineal stützt ihn jetzt.

Auch die kleinen Blüten der Flugblume sind etwas verschrumpelt. Hoffentlich wirkt der Zauber der beiden Blumen heute noch richtig gut, damit wir Niklas wie versprochen helfen können.

»Heute helfen wir dir!«, sagte ich an diesem Montagmorgen in der Pause zu Niklas.

»Super!«, antwortete er. »Und wie wollt ihr das machen?«

»Das können wir dir leider nicht verraten«, sagte ich.

Und das stimmte ja auch. »Aber morgen hast du deine Kappe wieder. Wenn alles gutgeht, versteht sich.«

Und nach der Pause fragte Frau Wonnemeier: »Wie war es auf dem Löschberg?«

»Wir waren nicht auf dem Löschberg«, antwortete ich. »Und wie es aussieht, fahren wir auch nicht hin. Die Landkarte bringe ich dir morgen zurück.«

»Das ist ja schade!«, sagte Frau Wonnemeier. »Es ist so schön auf dem Löschberg. Vielleicht machen wir einfach unseren Klassenausflug dorthin!«

Frau Wonnemeier hat einfach für *alles* eine prima Lösung!

Am Nachmittag trafen Anni, die Zwerge und ich uns vor Lukas' Wohnblock. Seitlich standen ein paar große und dicht belaubte Büsche. Da kein Mensch zu sehen war, krochen wir erst einmal hinter das Grünzeug.

»Ein gutes Versteck!«, lobte Herr Bovist. »Von den Fenstern der Häuser aus kann uns keiner sehen, doch der Eingang liegt genau in unserem Blickfeld.«

Und den beobachteten wir jetzt. Nichts regte sich. Rupert schnüffelte im Gebüsch herum. Herr Bovist saß auf einem runden Kieselstein und starrte vor sich hin. Ich holte die Pflanzen aus dem Schulranzen und befreite sie von dem Zeitungspapier.

»Die sehen ganz schön traurig aus«, stellte Anni fest und streichelte über Ludmillos schlaffes Fell.

»Der Zauber wird nicht mehr lange wirken«, sagte Herr Bovist.

»Es darf jetzt einfach nichts schiefgehen«, erklärte ich. »Sobald Lukas auftaucht, huschen wir unsichtbar mit rein.«

Ich guckte auf meine Uhr. Lukas musste schon auf dem Heimweg sein.

»Achtung!«, wisperte Herr Bovist und zeigte mit seinem klitzekleinen Finger zum schmalen Fußweg. Eine alte Frau trippelte ihn entlang.

Plötzlich knirschte und knackste es neben mir. Alles bewegte sich. Etwas Großes knallte gegen meine Schulter. Ich kippte um und fiel direkt auf Anni.

»Auauau!«, rief Anni.

»Ooohhh!«, rief Herr Bovist. »*Gute Güte!*«

Und da sah ich, was mich zur Seite geschubst hatte: Neben mir saß Herr Bovist. Aber nicht als Zwerg. Nein, in seiner vollen Größe steckte er im Busch. Er ächzte und stöhnte und krabbelte dann wie ein Hund zwischen dem

Gestrüpp nach draußen. Zwergen-Rupert sprang kläffend und schwanzwedelnd hinter ihm her.

»Was ist da los?«, rief die alte Frau von der Haustür zu uns rüber.

»Nichts!«, brüllte Anni zurück. »Wir suchen nur unsere Katze! Und jetzt haben wir sie!«

Die Frau schüttelte den Kopf. Und verschwand im Haus.

Ich rappelte mich auf. Und wollte mit den Zauberblumen hinter Herrn Bovist aus dem Gebüsch kriechen. Doch der eine Blumentopf war leer. Keine Flugblume wippte mit ihren kleinen Köpfen. Nur ein kurzer Ministiel ragte aus der Erde.

»Die Flugblume ist abgebrochen!«, rief ich. »Achtung, Anni! Wo ist die Flugblume?«

»Hier!«, sagte Anni. Und hielt mir die schlaffen orangefarbenen Blüten vor die Nase.

»Heute geht aber auch alles schief«, schimpfte ich. »Wahrscheinlich bin ich drauf gefallen. Als Herr Bovist explodiert ist!«

Ich packte die Töpfe in den Schulranzen und krabbelte aus dem Gebüsch. Herr Bovist stand auf dem Grünstreifen neben dem Fußweg.

»Du siehst zum Fürchten aus, Herr Bovist«, sagte Anni.

Und das stimmte! Wie eine Vogelscheuche stand er da in seinem zerknitterten und verdreckten Mantel. Und sein Haar sah aus wie ein Indianerkopfputz: Zwischen den fedrig abstehenden Strähnen steckten Ästchen und Blätter. Seine Stirn hatte eine blutige Schramme, und auch auf der Nase war ein dicker Kratzer. Der alte Mann zog ein Taschentuch aus seinem riesigen Mantel und wischte sich vorsichtig übers Gesicht.

»Was für ein ungünstiger Zeitpunkt, um wieder groß zu werden«, sagte Herr Bovist und schüttelte den Kopf.

Plötzlich ließ mich eine Stimme zusammenzucken: »Was macht ihr Kleinkinder denn hier?«

Lukas!

Er starrte Herrn Bovist an. »Wo habt ihr *den* denn ausgegraben?«, fragte er schließlich.

Anni antwortete: »Opa hatte einen kleinen Unfall. Und er macht die leckersten Bonbons aller Zeiten!«

Auf ihrer Handfläche lag ein orangerotes und kugelrundes Bonbon. Die dicke Zuckerschicht funkelte in der Sonne wie Kristalle.

Lukas' Hand schnellte nach vorne. Er grapschte sich die zuckrige Kugel und steckte sie sich in den Mund.

»Anni!«, rief ich.

Lukas stand auf dem Weg und rührte sich nicht. Seine Augen glotzten zwischen Anni und mir ins Leere.

»Gute Güte!«, sagte Herr Bovist ächzend.

»Helft mir lieber mal!«, sagte Anni. Sie packte den eingefrorenen Lukas unter den Achseln. Ich schnappte mir Lukas' Fußknöchel. Und so hievten und schoben wir Lukas hinter das Gebüsch, aus dem wir erst vor wenigen Minuten gekrochen waren. Jetzt war kein Junge mehr zu sehen. Herr Bovist raufte sich trotzdem die Haare.

»Ich musste ihm das Bonbon geben«, sagte Anni. »Echt! Er muss doch vergessen, dass er uns gesehen hat.«

Sie kroch zu Lukas ins Gebüsch. Es klimperte.

»Ha!«, rief sie und hielt einen Schlüssel an einem neongrünen Band in die Höhe. »Zum Glück ist bei dem Zauber nur der Mensch versteinert und nicht seine Sachen. Jetzt holen wir Niklas' Kappe!«

Herr Bovist seufzte. »Ich bleibe hier unauffällig sitzen und passe auf Lukas auf. Ihr geht nach oben und beendet eure Mission.«

Der alte Mann setzte sich auf die kleine Mauer, die das Gebüsch vom Gehweg und der Straße abtrennt. Unauffällig sah er nicht gerade aus.

»Du solltest vielleicht besser an Ludmillo schnuppern«, sagte ich. »So wie du aussiehst!«

Herr Bovist schüttelte den Kopf. »Auf keinen Fall. Sichtbar bin ich im Notfall nützlicher!«

Ich überlegte: »Wir sollten auch lieber sichtbar in Lukas' Wohnung gehen. Dann können wir beide uns gegenseitig sehen.«

Ich dachte wieder an meine blauen Flecken.

»Klar wie Klößchenbrühe!«, antwortete Anni. »Lukas' Eltern sind noch bei der Arbeit. Die können uns also auch nicht in die Quere kommen.«

Auch Herr Bovist nickte. »Ludmillo habt ihr für den Notfall ja dabei!«

Der Schlüssel passte einwandfrei in die Haustür. Ich guckte noch mal zu Herrn Bovist. Wie ein gerupftes Huhn saß er auf der Mauer. Und neben ihm das Küken Rupert.

Wir stiegen endlos viele Stufen nach oben bis in den siebten Stock. Anni stöhnte und schimpfte. Dabei schleppte *ich* den Schulranzen mit den Zauberblumen! Aber gut.

Schon an der dritten Wohnungstür waren wir richtig. Auf einem bunten Schild aus Salzteig las ich: *Hier wohnen Petra, Thomas, Lukas.* So ein Türschild hatte ich auch schon in der Schule gebastelt. Und Leni, Finn und Jonas auch. Anni und ich lauschten jetzt an der Wohnungstür. Außer unserem lauten Atem war es mucksmäuschenstill auf der Etage. Sehr vorsichtig steckte ich den anderen Schlüssel ins Schloss. Und schob leise, leise die Tür auf. Wieder lauschten wir. Stille.

Das wär knapp!

Auf Samtpfoten pirschten wir durch einen schmalen dunklen Flur. Die erste Tür rechts war nur angelehnt. Vorsichtig stupste ich sie auf.

»Hallo?«, fragte eine Stimme.

Vor Schreck machte der Angstbär in meinem Bauch einen gewaltigen Satz. Mein Herz wummerte: *Wumm! Wumm! Wumm!*

»Hallo?«, kam es wieder aus dem Zimmer.

Anni schob sich an mir vorbei und linste ins Wohnzimmer. Dann lachte sie ihr tiefes Lachen: »Hohohooo!«

Verdutzt guckte ich um die Ecke. Ein Vogel hockte auf einer Stange vor dem Fenster. Sein Gefieder war kunterbunt. Der kleine runde Schnabel öffnete sich und sagte: *»Hallo, hallo!«*

»Ist das ein Allfarblori?«, fragte ich.

Allfarbloris hatten Anni und ich erst vor kurzem in den Dschungel an meiner Zimmerwand gemalt.

»Auf jeden Fall ist er wunderschön«, stellte Anni fest.

»So ein prächtiger Vogel gehört eigentlich in den Dschungel«, sagte ich. »Oder in den schönsten Garten der Welt!«

»Essen, essen«, sagte der Vogel.

»Da bin ich dabei«, antwortete Anni.

»Nix da!«, sagte ich. »Wir suchen jetzt Niklas' Kappe und verschwinden wieder. Sonst macht Herr Bovist sich noch Sorgen. Oder Lukas wacht auf und kommt uns in die Quere.«

Ich lief zurück in den Flur. Die nächste Tür führte in die Küche. Ich schloss sie schnell wieder. Damit Anni nicht die Keksdose auf dem Tisch sehen konnte.

Das nächste Zimmer war eindeutig das Monsterzimmer. Monster und andere finstere Gestalten waren wirklich überall. Einige grinsten mich von Postern an der Wand fies an. Andere saßen oder standen auf einem schmalen Regalbrett. Selbst das Bett war übersät mit haarigen und glupschäugigen Wesen.

»Hier wollte ich nie und nimmer schlafen«, erklärte ich.

Leider mussten wir dann zwischen all den Monstern Niklas' Kappe suchen. Ich guckte im Kleiderschrank und unter dem Bett. Anni wühlte im Schreibtisch herum. Nichts!

»Wo würdest du eine geklaute Kappe verstecken?«, fragte Anni. »So, dass deine Mama sie nicht findet?«

Ich überlegte. Dann fiel mir mein Zauberpflanzentagebuch ein.

»Unter der Matratze«, sagte ich.

Anni half mir, die schwere Matratze nach oben zu stemmen. Ein paar haarige Wesen purzelten vom Bett.

»Boah!«, machte Anni.

Lukas hatte unter seiner Matratze eine richtige Schatzkammer. Da lagen zwei total zerquetschte Kappen, ein

Schlüsselanhänger in Pferdeform, ein Vereinsschal, mehrere Comics und Sammelkarten.

»Das hat der bestimmt alles anderen Kindern weggenommen«, sagte ich, und der ängstliche Bär in meinem Bauch wurde langsam sauer. »Wie bei Niklas! Das ist so *gemein!*«

»Das ist ein richtiges Sammellager«, stellte Anni fest.

»Planänderung!«, verkündete ich. »Kannst du die Matratze mal kurz alleine halten?«

Ich räumte alle geklauten Schätze auf Lukas' Schreibtisch. Dann setzen Anni und ich sämtliche Kuscheltiermonster um die Schätze herum. Jetzt sah es auf der Tischplatte aus wie in einer Monsterhöhle. Oder wie in einer Geisterbahn. Dann kramte ich ein leeres Blatt Papier aus Lukas' Schreibtisch. Mit kritzeliger Schrift schrieb ich:

Lukas!

Du bist ein Dieb!

Du ärgerst und beklaust andere Kinder!

Damit ist jetzt Schluss!

Du gibst alles zurück!

Bis auf das letzte Stück!

Wir haben dich im Blick!

»Uuuh!«, machte Anni.

»Glaubst du, das reicht als Abschreckung?«, fragte ich. »Oder müssen wir bösere Worte benutzen?«

»Das ist prima!«, antwortete Anni. »Ich wollte so einen Brief nicht in meinem Zimmer liegen haben! Von Geisterhand geschrieben!«

»Und was machen wir, wenn Lukas nicht alles an die Kinder zurückgibt?«, fragte ich.

»Das überlegen wir genau dann!«, erklärte Anni. »Aber ich wette um zehn Melonenkaugummis, dass der liebe Lukas sein Diebesgut ruck, zuck wieder rausrückt«

Da war ich mir nicht so sicher. Aber bei der Wette um die Melonenkaugummis wollte ich trotzdem nicht mitmachen. Weil Opas Lieblingssängerin singt: *Wunder gibt es immer wieder!*

»*Hallo?*«, krächzte es im Wohnzimmer.

»Wir verschwinden lieber«, sagte ich.

Aber zuerst schaute ich noch mal nach dem Vogel. Er saß mit schiefgelegtem Kopf auf seiner Stange.

»Der langweilt sich bestimmt zu Tode!«, sagte ich.

»Sollen wir ihn mitnehmen?«, fragte Anni.

Ich wollte ja gerne. Aber das ging nicht.

»Dann sind *wir* Diebe. Genau wie Lukas«, erklärte ich Anni.

Vorsichtig streichelte ich dem Vogel über den Rücken. Er zwinkerte mir zu. Da hatte ich fast wieder meine gute Laune zurück.

Ungesehen verließen wir die Wohnung, rannten alle Stufen nach unten und stürzten aus der Haustür ins Freie.

»Was bin ich froh, dass alles gutgegangen ist!«, rief Herr Bovist nach meinem kurzen Bericht.

»Und was machen wir jetzt mit Lukas?«, fragte Anni.

»Er regt sich nicht«, erklärte Herr Bovist. »Nach meiner Rechnung müsste er noch ungefähr zwanzig Minuten starr bleiben. Ich lasse ihn auf keinen Fall unbeaufsichtigt im Gebüsch liegen.«

Und ich wollte nicht warten, bis Lukas aus dem Gebüsch gekrabbelt kam und uns auf der Mauer sitzen sah. Er sollte uns ja vergessen. Das war wichtig!

»Und wenn wir ihn nach oben in die Wohnung bringen?«, fragte ich. »Wir legen ihn auf sein Bett und verschwinden.«

»Super!«, rief Anni und klatschte in die Hände. »Da musst du keine Angst um ihn haben, Herr Bovist.«

»Die Idee ist nicht schlecht«, sagte Herr Bovist. »Doch

wie transportieren wir den Jungen ungesehen durch dieses große Haus mit seinen unzähligen Bewohnern?«

Außer der alten Frau hatte ich noch keine Bewohner gesehen. Aber gut.

»Dein Mantel!«, sagte ich. »Wir wickeln Lukas in deinen Mantel. Dann sieht er aus wie ein Kartoffelsack, und kein Mensch wundert sich.«

»Na, na!«, brummte Herr Bovist. »Kartoffelsack! Es handelt sich hier um mein wertvollstes Kleidungsstück!«

Aber eine bessere Idee hatte er auch nicht. Und weil Anni schon an Lukas' Füßen zog, schälte sich der alte Mann hurtig aus dem zeltförmigen Mantel und warf ihn über den starren Lukas. Perfekt! Ich klemmte mir Lukas' Füße unter die Achseln. Anni packte den verhüllten Oberkörper. Und Herr Bovist in seinem Blumenpulli schloss die Haustür auf.

Ein starres Kind ist schwer wie ein Elefant. Deshalb nahmen wir den Aufzug.

»Und warum haben wir vorhin nicht den Aufzug genommen?«, fragte Anni.

»Weil du ihn auch nicht gesehen hast«, antwortete ich.

Gerade als wir das sperrige Mantelpaket in der kleinen Kabine verstaut hatten, tauchte ein junger Mann auf.

»Leider haben wir keinen Platz mehr!«, rief Herr Bovist.

Quietschend schlossen sich die Aufzugtüren. Ohne weitere Störungen kamen wir bis in Lukas' Monsterzimmer. Dort wuchteten wir das starre Kind auf das Bett. Herr Bovist schlüpfte sofort in seinen Mantel.

Lukas glotzte mit starrem Blick zur Decke. Gruselig sah das aus.

»Jetzt passt er zu seinen Monstern«, sagte Anni.

Ich zeigte Herrn Bovist das Diebesgut und unsere Botschaft. Wo er schon mal da war.

»Das war eine gute Idee«, sagte unser alter Freund. »Mir gefällt, dass der Junge seine Missetaten nun selbst wiedergutmachen muss. Ausgezeichnet, ausgezeichnet!«

Plötzlich rappelte es dann an der Wohnungstür. Und ein Schlüssel drehte sich im Schloss. Jetzt hörte ich eindeutig Schritte im Flur!

»Der Lukas-Papa!«, wisperte ich, und der Braunbär in meinem Bauch fiel vor Schreck einfach um.

»Hallo!«, krächzte der Vogel im Wohnzimmer.

Herr Bovist, Anni und ich erstarrten komplett. Ganz ohne Gunnars Bonbons. Nur mein armes Herz bewegte sich noch. *Wumm! Wumm! Wumm!*

»Hallo, Lore!«, sagte eine Frauenstimme im Wohnzimmer. Nicht der Lukas-Papa. Aber vielleicht die Lukas-Mama. Warum war die überhaupt schon zu Hause?

Aber dann funktionierte auch mein Kopf wieder. »Ludmillo!«

Schnell zerrte ich den Schulranzen vom Rücken. Ich öffnete mit zittrigen Fingern die Verschlüsse und klappte den Deckel auf. Ludmillo lächelte uns müde an.

»Essen, essen!«, krähte das Tier im Wohnzimmer.

Herr Bovist, Anni und ich knallten mit den Köpfen zusammen, als wir uns gleichzeitig über die blassblaue Blüte beugten. Jeder saugte so viel Ludmilloduft wie möglich auf.

Plöpp! Wir waren unsichtbar.

Die Frauenstimme sagte: »Hier hast du leckere Nüsse. Wo steckt denn Lukas?«

Der Vogel antwortete nicht.

Meine Knie wurden weich wie Mamas Stinkekäse.

Herr Bovist zischte: »Los, unter das Bett mit Lukas!«

Wir zogen und zerrten und rollten das starre Kind über die Bettkante. Mit einem Wumms landete Lukas auf dem Boden.

Schritte näherten sich. Wir schoben und drückten Lukas unter das Bett. Irgendetwas war im Weg. Anni stöhnte. Die Tür ging auf. Eine kleine, rothaarige Frau steckte ihren Kopf zur Tür herein.

»Lukas?«, fragte sie.

Ich lag vor dem Bett auf dem Boden. Lukas' Finger ragten unter dem Bettgestell hervor. Mein Herz bollerte gegen meine Rippen.

Bitte, bitte, guck jetzt nicht nach unten, Lukas-Mama!

»Schade!«, murmelte die Frau. Und verschwand wieder im Flur.

Gaaanz langsam atmete ich aus.

»Und was machen wir jetzt?«, wisperte ich.

»Flucht!«, wisperte Anni zurück.

»Und der Junge?«, fragte Herr Bovist mit Flüsterstimme.

»Der bleibt, wo er ist«, schlug ich vor. »Wenn er aufwacht, wundert er sich eben ein bisschen. Weil er unter dem Bett liegt. Aber das ist ja egal. Hauptsache, seine Mama findet ihn nicht starr und steif.«

»Matilda hat recht«, raunte Herr Bovist. »Die Mutter würde noch den Rettungswagen rufen!«

»Also Abflug!«, flüsterte Anni.

Sehr, sehr leise schlichen wir aus dem Zimmer und den dunklen Wohnungsflur entlang. In der Küche klapperten Töpfe. Vooorsichtig drückte ich die Wohnungstür hinter uns zu.

Geschafft!

Als ich abends im Bett lag, packte mich eine große Traurigkeit. Weil ich ganz allein im Zimmer war. Herr Bovist und Zwergen-Rupert waren zurück in ihr Hexenhaus gezogen. Still und verlassen stand das Puppenhaus im Schein meiner Nachttischlampe in der Zimmerecke. Kein Geräusch, kein Schnarchen und schon gar kein *Gute Nacht, liebe Matilda*. Und Anni musste eben auch mal wieder in ihrem eigenen Bett schlafen.

Gerade wollte ich ein bisschen weinen, da kam Papa in mein Zimmer. Ruperts Tiertransporter baumelte in seiner Hand.

»Tilda-Schatz«, sagte er. »Was ist denn mit meiner Bauchtasche passiert?«

Tja.

»Die habe ich für einen Tiertransport gebraucht«, sagte ich schließlich.

Papa machte große Augen. »Einen Tiertransport?«

»Ich musste doch Tekla, die Schnecke, von der Schule bis in Opas Garten transportieren.«

Ich finde ja, Schneckentransport statt Hundetransport ist nicht so schlimm geflunkert.

»Eine Schnecke?«, fragte Papa. Jetzt kullerten ihm die Augen fast aus dem Kopf. »Und woher kommen die vielen Löcher?«

»Es sind Luftlöcher. Tiere brauchen Luft zum Atmen. Genau wie du«, erklärte ich.

Jetzt sagte Papa nichts mehr. Er gab mir einen Gutenachtkuss und trottete kopfschüttelnd aus dem Zimmer.

Dienstag, 17. Juni

Ludmillo hängt schlapp in seinem Topf. Wenn ich ihm über die Blätter streichele, knistert es vor lauter Trockenheit. Die Flugpflanze ist leider tot.

An diesem Dienstagmorgen setzte ich mich zum zeitungslesenden Papa an den Küchentisch.

»Du, Papa, steht in der Zeitung irgendetwas über ein Kind?«, fragte ich und schob mir einen Löffel Müsli in den Mund.

Papa guckte erstaunt. Und kruschtelte in der Zeitung.

»Hier steht: Der kleine Arthur wurde im Klinikum geboren. Er ist dreiundfünfzig Zentimeter groß und wiegt viertausendachthundert Gramm.«

Da freute ich mich wie verrückt: Es war also kein erstarrtes Kind von seinen Eltern unter dem Bett gefunden und ins Krankenhaus gebracht worden!

Gut gelaunt machte ich mich wenig später auf den Schulweg.

Im Schulflur vor meinem Klassenzimmer trafen Anni und ich auf Niklas. Der strahlte und lachte und schwenkte seine Kappe.

»Ich habe meine Kappe wieder«, rief er. »Wie habt ihr das gemacht?«

»Pscht!«, machte ich. Lukas durfte niemals nie erfahren, dass Anni und ich etwas mit der Diebesgutbefreiung zu tun hatten.

»Wo war deine Kappe denn?«, fragte Anni.

»Na hier, an meinem Haken an der Garderobe!«, sagte Niklas. »Danke, echt!«

»Kein Sterbenswörtchen zu niemandem, das musst du uns versprechen!« Ich guckte Niklas sehr, sehr streng an.

»Ihr könnt euch auf mich verlassen«, raunte der fröhliche Niklas und verschwand im Klassenzimmer.

Anni und ich saßen gerade auf unseren Plätzen, als auch schon Frau Wonnemeier auftauchte. Unter ihrem Arm klemmte ein Schuhkarton.

»Ich habe hier eine Fundkiste vor dem Lehrerzimmer gefunden«, erzählte sie uns. »Auf dem Deckel steht: *Fundstücke bitte in den Klassen verteilen*. Und da dachte ich, ich fange bei euch an.«

Leider durften wir erst in der Pause in die Kiste gucken. Und da staunte ich gewaltig: In der Kiste waren noch viel mehr Sachen, als wir unter Lukas' Matratze gefunden hatten.

»Der liebe Lukas hatte wohl mehrere Beutelager!«, flüsterte Anni mir ins Ohr.

Plötzlich stand Frau Wonnemeier neben uns. Sie hielt einen langen schwarzen Zopf in der Hand. »Den habe ich übrigens aus dem Papiermülleimer gezogen.«

»Äh«, machte Anni.

»Aber dein Zopf ist ja noch dran!«, stellte Frau Wonnemeier mit einem Blick auf Annis Hinterkopf fest.

Anni nickte wild. Ihr langer Zopf wirbelte wie ein Lasso. Der Haarwuchszauber wirkte noch. Zum Glück!

Frau Wonnemeier verschwand kopfschüttelnd in Richtung Lehrerzimmer. Und Anni und ich flitzten auf den Schulhof. Dort beobachteten wir Lukas von unserem

Stammplatz aus. Er saß mit seinem Freund auf der Haupttreppe und aß eine Banane.

»Na bitte!«, sagte Anni. »Friedlich wie Tante Monis Mops Edgar. Was so ein bisschen Zauber bewirken kann!«

Am Nachmittag waren wir mit Herrn Bovist und Rupert verabredet. Anni und ich wollten ihm helfen, die Samen und das Zauberbuch aus dem Versteck zu holen. Anni holte mich ab. Ich packte den schlaffen und blassblauen Ludmillo in Herrn Bovists Einkaufskorb. Ungesehen verließen wir das Haus, liefen die Scheffelstraße entlang und schlüpften in den Garten von Oma und Opa. Die Kirschernte schien beendet, meine Großeltern werkelten im Haus herum.

Schnell wie der Wind kletterten wir über die Mauer und standen Minuten später am ausgehöhlten Baum im Dschungel. Ich linste in die Öffnung.

»Eigentlich können wir die Samen und das Buch auch gleich mitnehmen«, sagte ich zu Anni. »Wo wir schon mal hier sind. Dann muss der alte Herr sich nicht extra durch den Dschungel kämpfen.«

Das fand Anni auch. Also zerrten wir zuerst die sperrige

Schubkarre aus dem Gestrüpp. Dann wuchteten wir den Koffer in die Karre. Der Einkaufskorb mit Ludmillo passte noch daneben. Als Letztes zog ich den raschelnden Müllsack aus der Baumhöhle. Er war noch heile.

»Nicht einmal ein klitzekleines Löchlein ist im Sack«, sagte ich zufrieden und stapelte das Müllsackpaket auf den Koffer. »Vielleicht geht es ja auch, wenn du die Ladung mit deinem gipsfreien Arm festhältst.«

Und das probierten wir gleich mal aus. Ich schob die wankende Schubkarre, und Anni drückte von oben auf das Buch und den Koffer. Schnaufend und rumpelnd schlängelten wir uns durch das Gehölz. Endlich erreichten wir die Lichtung und holperten im Slalom zwischen den Maulwurfshügeln hindurch. Im Tannenwäldchen kam Zwergen-Rupert angewetzt. Wir drei freuten uns wie verrückt.

»Mein kleiner Fifi«, flötete Anni.

Rupert sprang auf ihren gesunden Arm. Und ich musste die Schubkarre mit dem ganzen Gepäck allein bis vor die Tür des Arbeitshäuschens schieben. Drinnen rumpelte es.

»Hallo!«, rief ich. »Bist du da, Herr Bovist?«

»Matilda!« Ein zerzauster Herr Bovist erschien in der Tür.

Er klopfte sich dicke Staubflusen vom Mantel. »Ich

habe gerade das Arbeitszimmer aufgeräumt. Und im Labor die Schubladen wieder in den Schrank geschoben.«

»Wir bringen dir das Familienzauberbuch und die Samen!«, verkündete ich und streckte meinen Rücken durch.

»Wie wunderbar!«, rief Herr Bovist.

»Ludmillo habe ich dir auch mitgebracht«, erklärte ich meinem alten Freund. »Damit du seine Samen retten kannst.«

Ich gab ihm den Blumentopf mit dem schlaffen Ludmillo.

»Du hilfst mir doch bestimmt dabei?«, fragte Herr Bovist. »Und dann beerdigen wir ihn zusammen. Was meinst du?«

Ich konnte vor lauter Traurigkeit nichts sagen. Nur nicken.

»Wo ist denn Annemarie?«, fragte Herr Bovist.

»Anni und Rupert sind bestimmt schnurstracks in die Küche gelaufen. Was Essbares suchen«, sagte ich.

»Dann komm!«, sagte Herr Bovist. »Ich habe frische Limonade. Und Kekse. Ganz ohne Zauberkraft.«

Gemütlich saßen wir wenig später auf der Treppe vor der grünen Haustür und verputzten die Kekse. Tekla klebte an der warmen Hauswand und schaute uns zu. Rupert hockte auf Annis Schoß und schnappte sich die purzelnden Krümel.

Plötzlich schrie Anni auf. Ihr Limonadenglas flog in hohem Bogen auf die Wiese. Rupert bellte dunkel. Und dann saß ein riesiger grauer Rupert auf Annis Schoß und versuchte, das Gleichgewicht zu halten.

»Hilfe!«, rief Anni. »Runter, du riesiger Wurstschädel!«

Ich lachte und lachte, bis mein Bauch wackelte. Anni gab Rupert einen kräftigen Schups. Das Riesentier sprang auf die Wiese, drehte sich um und schaute Anni mit seinen großen braunen Rupertaugen an. Anni starrte zurück.

»Haben wir noch von den Zwergentröpfchen?«, fragte sie. »Klein gefällt er mir tausendmal besser!«

»Ich dachte, du hast deine Hundeangst besiegt?«, fragte ich.

Mir tat Rupert leid. »Komm, Rupert. Komm zu mir!«

Der struppige Hund setzte sich neben mich, und ich kraulte ihm den Nacken. Und das Brustfell. Und den Kinnbart. Rupert schloss die Augen.

»Eine Frage habe ich noch an dich, Herr Bovist«, sagte ich.

»Na, dann frag mal, mein Kind!«, antwortete Herr Bovist.

»Was meinte Viola damit, dass wir uns ja bald wiedersehen würden?«

»Ich habe mir ein baldiges Treffen mit allen Kreismitgliedern gewünscht«, erklärte der alte Mann. »Um euch *allen* Mitgliedern des Kreises vorzustellen. Am Sonntag waren ja nur wenige da. Und vielleicht könntet ihr beiden dann schon die Aufnahmeprüfung machen.«

»Die *Aufnahmeprüfung?*«, fragte Anni mit weit aufgerissenen Augen.

»Nun ja«, sagte Herr Bovist. »Wie ich schon sagte, würde ich euch gerne zu meinen Nachfolgerinnen ausbilden. Aber in den Kreis wird nur der aufgenommen, der über ein großes Wissen hinsichtlich der Zauberpflanzen und deren Kräfte verfügt. Die richtige Einstellung setzen wir natürlich voraus!«

Ich fragte: »Und wie ist dann Gunnar in den Kreis gekommen? Mit seiner üblen Einstellung?«

Herr Bovist seufzte. »Gunnar hat sein Wissen von seinen Eltern geerbt und somit auch den Platz im Kreis automatisch übernommen. Und außerdem war Gunnar als Kind und junger Mann recht umgänglich!«

»Mhmmm!«, machte ich.

»Und da wir gerade von der passenden Einstellung sprechen«, fuhr Herr Bovist fort, »da mache ich mir bei euch beiden keine Sorgen. Ihr mutigen Mädchen habt mich befreit. Und mein Familienerbe gerettet. Durch eure Klugheit. Und euren Einfallsreichtum.«

Anni rief: »Das stimmt, Herr Bovist. Wir haben uns nicht unterkriegen lassen. Von keinem noch so schlauen Rotfuchs!«

»Ja!«, sagte der alte Mann, und seine Augen leuchteten. »Und ihr habt Pflanzen mit hilfreichen Zauberkräften aus dem Familienbuch herausgesucht. Und gepflanzt. Und großgezogen. Ihr könnt bald die Samen der Unsichtbarkeitspflanze ernten. Das schafft nicht jeder. Ihr seid schon richtig gute Pflanzenzüchterinnen!«

Genau! Anni und ich waren super Pflanzenzüchterinnen. Leider konnte ich es nicht Frau Wonnemeier und der Garten-AG erzählen.

»Aber eine Sache finde ich doch sehr unpraktisch«, sagte ich.

»Und das wäre?«, fragte Herr Bovist.

»Manchmal braucht man die Kraft der Zauberpflanzen doch superschnell. Von einer Minute auf die andere«, erklärte ich. »Zum Beispiel, wenn du in Not bist, Herr Bovist. Und dann muss man erst den richtigen Samen eintopfen. Und *zwei* Tage warten, bis die Zauberblüte offen ist.«

Anni sagte: »Stimmt. In zwei Tagen kann das Unglück heftig zuschlagen.«

Herr Bovist nickte. »Da habt ihr natürlich völlig recht. In einem dringenden Notfall kann man nicht erst züchten. Und genau für solche Fälle gibt es ein Notfallsäckchen. Darin sind die Essenzen der wichtigsten Zauberkräfte gesammelt.«

»Was heißt das?«, musste ich fragen. Und auch Anni zog ihre Augenbrauen fragend zusammen.

»Das heißt, dass man die Zauberkraft der Pflanze bündelt. Wie bei Gunnars Zwergentröpfchen. Die Pflanze wird so verarbeitet, dass man eine Essenz erhält. Die Zauberkraft dieser Essenz ist sehr kraftvoll.«

»Wie bei Gunnars Bonbons!«, stellte ich fest.

»Eine Essenz ist flüssig«, erklärte Herr Bovist. »Die Bonbons dienten Gunnar nur als Träger für die Erstarrungsessenz. Er versteckte sozusagen die Zauberessenz in einem leckeren und ansprechenden Mantel aus Zucker.«

»Und bei den Haarwuchsdrops versteckte er die Essenz in Schokolade!«, rief Anni.

Herr Bovist lachte leise und sagte: »Gunnar muss einen ganzen Notfall*sack* mit sich herumgeschleppt haben.«

Ich fragte: »Aber die Freundlichkeitskekse sind kein Versteck für eine Essenz, oder? Da stecken ja richtige Blüten drin.«

»Genauso ist es«, sagte Herr Bovist. »Du kannst die Blüte direkt verwenden, indem du zum Beispiel an ihr riechst. Und aus manchen Blüten bereitest du einen Keks oder Tee zu. Man muss sie jedoch zügig aufbrauchen. Eine Essenz kann man hingegen länger aufbewahren. Und im Notfall ist der Zauber schnell zur Hand.«

»Und wo ist *dein* Notfallsäckchen?«, fragte ich Herrn Bovist. »Das hättest du bei deiner Entführung ja wohl richtig gut brauchen können!«

Jetzt schaute Herr Bovist finster. »Das muss Gunnar mir entwendet haben. Ich hatte es in meinem Koffer. Und als ich es dringend brauchte, war es weg. Glücklicherweise lag in Gunnars Haus ein Telefonbuch herum. Die Kreismitglieder stehen nicht darin. Aber dich konnte ich anrufen, Matilda.«

»Das war mal Glück am Stück«, bestätigte ich.

»Ja!«, sagte Herr Bovist. »Es ist alles glimpflich ausgegangen.«

»Jetzt brauchst du aber ein neues Notfallsäckchen«, stellte ich fest.

»Unbedingt!«, sagte Herr Bovist. »Und ihr beiden werdet mir dabei helfen. Aber vorher müsst ihr in die Pflanzenkunde eingeführt werden. Und in die Pflanzenzucht. Das Herstellen der Essenzen ist die Königsdisziplin. Das kommt am Schluss. Euer Unterricht beginnt in den nächsten Tagen!«

Da wurden Anni und ich ganz zappelig. Vor lauter Vorfreude. Und vor lauter Aufregung.

Denn da wartet bestimmt das nächste Abenteuer auf meine Freundin und mich. Da bin ich mir ziemlich sicher.

Aber das ist eine andere Geschichte! Und wenn sie genauso unglaublich wird wie diese, dann schreibe ich sie auch wieder auf. *Versprochen!*